Coleção Melhores Crônicas

Raul Pompeia

Direção Edla van Steen

Coleção Melhores Crônicas

Raul Pompeia

Seleção e prefácio
Cláudio Murilo Leal

São Paulo
2011

© Global Editora, 2011
1ª edição, Global Editora, São Paulo 2011

Diretor-Editorial
JEFFERSON L. ALVES

Gerente de Produção
FLÁVIO SAMUEL

Coordenadora-Editorial
DIDA BESSANA

Assistentes de produção
EMERSON CHARLES/JEFFERSON CAMPOS

Assistente-Editorial
TATIANA F. SOUZA

Revisão
TATIANA Y. TANAKA

Imagens de capa
DETALHE DO JORNAL DO COMMERCIO, 15/1/1861 (SUPERIOR)
VISTA DO RIO DE JANEIRO TOMADA DE SANTA TEREZA – ÓLEO SOBRE TELA DE GEORG GRIMM, 1883, COLEÇÃO FADEL, RIO DE JANEIRO (INFERIOR)

Projeto de Capa
VICTOR BURTON

Editoração Eletrônica
LUANA ALENCAR

Dados Internacionais de Catalogação na Publicação (CIP)
(Câmara Brasileira do Livro, SP, Brasil)

Pompeia, Raul, 1863-1895.
  Melhores crônicas Raul Pompeia / seleção e prefácio Cláudio Murilo Leal. – São Paulo : Global, 2011. – (Coleção Melhores crônicas / direção Edla van Steen)

  Bibliografia.
  ISBN 978-85-260-1589-0

  1. Crônicas brasileiras. I. Leal, Cláudio Murilo. II. Steen, Edla van. III. Título. IV. Série.

11-07355   CDD-869.93

Índices para catálogo sistemático:

1. Crônicas : Literatura brasileira   869.93

Direitos Reservados

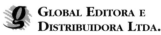

GLOBAL EDITORA E DISTRIBUIDORA LTDA.

Rua Pirapitingui, 111 – Liberdade
CEP 01508-020 – São Paulo – SP
Tel.: (11) 3277-7999 – Fax: (11) 3277-8141
e-mail: global@globaleditora.com.br
www.globaleditora.com.br

Obra atualizada conforme o
Novo Acordo Ortográfico da Língua Portuguesa

Colabore com a produção científica e cultural.
Proibida a reprodução total ou parcial desta obra sem a autorização dos editores.

Nº de Catálogo: 3120

MELHORES CRÔNICAS

Raul Pompeia

RAUL POMPEIA, CRONISTA

O romance *O Ateneu* e os poemas em prosa *Canções sem metro*, de Raul Pompeia, são considerados obras-primas da nossa literatura. Trata-se de opinião unânime da inteligência crítica brasileira, desde os primeiros consistentes ensaios de Araripe Júnior, datados de 1888 e 1897, e de Nestor Vítor, 1898, seguidos pela clássica biografia escrita por Eloy Pontes, 1935, e pelos trabalhos de Olívio Montenegro, 1938, Mário de Andrade, 1941, e Lúcia Miguel Pereira, 1949, entre outros. Leitura obrigatória entre os mais modernos, destacam-se os escritos de Eugênio Gomes, 1958, Roberto Schwarz, 1960, e Lêdo Ivo, 1963. Esses estudos, orientados na direção de um olhar estético, histórico ou biográfico, possibilitaram a construção de uma moderna visão multidisciplinar e global que inclui não somente a obra literária como a produção jornalística de Raul Pompeia no final do século XIX. Paralelamente, ainda hoje, é mantido um vivo interesse pela fulgurante e trágica vida de Raul Pompeia, tendo sido publicada, em 2001, uma bem documentada biografia de autoria de Camil Capaz.

Dois trabalhos, no entanto, não devem deixar de ser consultados para um melhor entendimento dos textos reunidos nesta coletânea de crônicas e artigos, pois avaliam com acuidade a importante contribuição do jornalista político Raul Pompeia. Ambos examinam a atuação do articulista em sua intensa participação nos debates sobre os acontecimentos e conflitos sociais que agitaram o cenário político brasileiro, desde o movimento abolicionista à instauração e consolidação da República. O primeiro ensaio, publicado em 1924, é de Alceu Amoroso Lima, intitulado "Política das letras", que evoca o desempenho de Raul Pompeia na imprensa, sublinhando a sua irresistível vocação panfletária de intelectual engajado em causas cívicas e humanitárias. O segundo ensaio, de autoria de Brito Broca, 1955, também examina a atuação de Pompeia publicista, destacando as preocupações ética, cultural e cívica, que marcaram o espírito das suas crônicas, sem desmerecer o valor da renovação estilística da *écriture artiste* ou da originalidade precursora dos poemas em prosa de *Canções sem metro*. Quanto à forma das crônicas, os dois críticos enfatizaram a adoção de um estilo direto, plenamente adaptado à linguagem objetiva do jornalismo. Além disso, Pompeia esgrimia e polemizava com todos aqueles que, a seu juízo, obstaculizavam as urgentes reformas que o Brasil necessitava após o reinado de Pedro II.

Esse material jornalístico apresenta duas vertentes bem definidas. Uma, a do cronista *tout court*, que seleciona e comenta com leveza e graça os acontecimentos cotidianos da sociedade de seu tempo. Raul Pompeia demonstrou sempre uma natural intuição para captar os chamados *faits divers*, as festas cívicas e de rua, a desordem urbana, as pequenas tragédias e comédias que pipocavam diariamente no noticiário da imprensa. De alguns extensos artigos, tratando vários assuntos, foram desentranhadas crônicas e relatos que constituem verdadeiras pedras de toque da nossa literatura ligeira. Numa segunda vertente, a dos artigos de opinião, são trazidos à baila, através de um discurso veemente e apaixonado, os temas relacionados com a escravidão, o impacto da abolição na organização social agrária e patriarcal brasileira, bem como as transformações políticas dentro do contexto histórico da passagem do Império para a República. São abordadas, ainda, diversas questões como a do militarismo, as relações do Brasil com países estrangeiros, a política dos ministérios, a economia afogada em dívidas, a carestia e o encilhamento, fatos ocorridos dentro do instável panorama institucional do Brasil do século XIX.

Brito Broca explica o sentimento de xenofobia de Pompeia com as seguintes palavras: "Com o rompimento de relações entre os Estados Unidos do Brasil e o Reino de Portugal, o escritor abre fogo cerrado contra os portugueses, na sua opinião, a principal força desse colonialismo que nos infelicitava". Também em relação à questão do militar, o apoio de Raul Pompeia ao presidente Floriano, no delicado momento da política brasileira pós-Deodoro, é interpretado desta forma por Brito Broca: "Quanto aos inconvenientes do militarismo, de que tanto faziam mossa os inimigos de Floriano, o ponto de vista de Pompeia era o seguinte: num país novo como o Brasil, na crise que atravessava, o militarismo, com todos os seus inconvenientes, tornava-se necessário.".

A compreensão do legado jornalístico de Raul Pompeia passa pela análise do tom enfático empregado em seus artigos, em oposição à matizada e aquarelada linguagem do escritor-artista, com a qual soube suavizar, na obra de ficção, ou nas delicadas crônicas poéticas, as rudezas da prosa realista-naturalista adotada por um Aluísio Azevedo ou um Júlio Ribeiro. Essa análise pode ser iniciada pela leitura do inflamado artigo do jovem Raul, com dezenove anos de idade, de 19 de agosto de 1882, "cheio de cólera sagrada", publicado no *Ça ira!*, órgão ligado ao Centro Abolicionista de São Paulo, no qual demonstra uma incontrolável violência verbal:

> Dirijo-me aos escravocratas puros, quero dizer, aos mais vis; dirijo-me aos *senhores de escravos* que têm o desfaçamento de falar em direitos em questão de escravidão; aos que viperinamente assoalham que

a *propriedade escrava repousa sobre mui sólidas ba-ses*, como disse um bandido num pasquinete boçal e retrógrado que se publica em Mogi Mirim.

Mais tarde, por ocasião da comemoração do aniversá-rio de 13 de maio, escreve o cronista, no *Diário de Minas*, em 19 de maio de 1889, com a alma cheia de esperança: "Época virá em que *Treze de Maio* há de ser um dia de ver-tiginoso entusiasmo para todas as classes.".

Em relação à República, ele adota a defesa do Marechal de Ferro, como na crônica publicada n'*O Estado de S. Paulo*, em 12 de maio de 1892, quando afirma que "é incontestável que o governo do Marechal Floriano tem sido o da verda-deira fundação da República.".

Esses conturbados momentos da história nacional são registrados por Raul Pompeia numa prosa combativa, mui-tas vezes virulenta, que reflete um inarredável compromis-so com os seus princípios éticos, expressos através do tem-peramento de um jovem movido, muitas vezes, por uma cega paixão, que foi interpretada por seus amigos como um claro desequilíbrio emocional, como observou Rodrigo Octavio, em seu livro *Minhas memórias dos outros*. Num capítulo desse livro, ele relata um dos frequentes destem-peros de Pompeia, atacando verbalmente o seu amigo de longa data, Capistrano de Abreu, num encontro de confra-des que se reuniam para a realização do quarto jantar do Clube Rabelais, em 11 de novembro de 1892. A entidade, idealizada por Araripe Júnior, "caracterizava-se por não ter estatuto nem sede, nem diretores e cuja finalidade era reu-nir homens de letras e artistas para uma hora de agradá-vel convívio". Após esse turbulento jantar, Rodrigo Octavio voltou de bonde para casa com Capistrano, que veio em silêncio durante todo o trajeto. Antes de saltar, Capistrano disse apenas, comentando o incidente: – Muitas vezes eu penso que Pompeia seja louco.

Também Eugênio Gomes, em *Visões e revisões*, ao esboçar o perfil psicológico de Pompeia, escreve: "Pelo testemunho de alguns dos seus contemporâneos, Pompeia tinha gênio instável, com tendência à melancolia ou à cólera, passando, às vezes, inopinadamente, da mais doce e jovial afabilidade a um descontrole insuportável de nervos.". Como cronista, Pompeia também refletiu sempre o seu temperamento arrebatado.

Apesar de suas crônicas constituírem um testemunho valioso para a compreensão dos fatos da época, a originalidade da concepção e da realização de seu romance de matiz autobiográfico e o renome alcançado pelo ficcionista obscureceram, de certo modo, e injustamente, a sua contribuição jornalística. Por esse motivo, torna-se imprescindível o conhecimento e a revalorização destas crônicas e artigos. Em 1889, as colaborações de Raul Pompeia começaram a ser publicadas regularmente no *Jornal do Commercio*, a convite do redator-chefe Souza Ferreira, e prosseguiram em diversos outros jornais até 1895, ano de sua morte. Raul Pompeia escreveu assiduamente em jornais do Rio de Janeiro, São Paulo e Minas Gerais, como *A Notícia, Diário de Minas, O Farol, Jornal do Commercio, O Estado de S. Paulo, Gazeta de Notícias, Gazeta da Tarde,* e na *Revista Ilustrada.* O jornalista e escritor Cícero Sandroni, em seu livro *180 anos do* Jornal do Commercio – 1827-2007, definitiva pesquisa sobre o importante papel desse jornal no cenário da vida brasileira, sublinha: "No seu conjunto, as crônicas de Raul Pompeia publicadas no *Jornal do Commercio* constituem valioso repertório de informações sobre a passagem do século XIX para o XX, no Brasil, sempre consultado pelos historiadores dessa época.".

Algumas crônicas aliam a importância do fato histórico narrado a um tratamento poético que, iluminando a notícia jornalística, transforma-a em um texto literário duradouro. É o caso do memorável relato intitulado "Uma noite histórica", publicado na *Revista Sul-Americana,* em 15 de dezembro de

1889, que descreve com excepcional sensibilidade a partida de D. Pedro II para o exílio. O conteúdo dessa crônica contrasta, em seu tom melancólico, com o de outra, publicada no ano anterior, quando Raul Pompeia descreve o festejado retorno do imperador de uma de suas viagens à Europa: "Compreende-se bem como rodeou a cidade, sábia de lealdade e cortesã, a espiral ardente do regozijo público, coleando cerimoniosa de muito longe até centralizar-se e acabar nos jardins da imperial residência.". Também, as consequências da mudança do regime monárquico para o republicano constituem tema de várias crônicas, como a de 15 de novembro de 1889, para *O Farol,* de Juiz de Fora: "É indescritível o entusiasmo das praças no delírio da vitória recente". No entanto, já um mês depois, sentindo o crescente desinteresse popular pelo novo regime, Pompeia suspira: "Há quantos anos parece que foi proclamada a República!". O historiador José Murilo de Carvalho escreveu, em seu livro *Os bestializados,* que "a apatia política do povo era particularmente dolorosa e frustrante para homens como Aristides Lobo e Raul Pompeia.". Três anos depois da proclamação da República, em 21 de janeiro de 1892, vão-se tornando mais consistentes as críticas de Raul Pompeia, preocupado quanto aos rumos do governo: "A guerra infame, infrene, indigna, injusta, todos os *in* opostos à seriedade e à moralidade, iniciada por traições contra a forma republicana, logo depois do advento de 15 de novembro, continua cada vez mais terrível nas suas metamorfoses de destruição.". Ainda de maneira mais contundente, deblatera Pompeia n'*O Estado de S. Paulo*:

> Estamos atravessando realmente uma época de crise moral, mais do que crise política.
> A fundação da República escancarou a porta das aspirações.
> Com essa porta querem entrar de uma vez todos os interesses, todas as cobiças, e a porta naturalmente

não dá para esse ingresso simultâneo, a consequência é que se vai assistindo a uma série de lutas como jamais conheceu a nossa sociedade.

A cousa já passou do conflito político. Chegamos a um verdadeiro período de esmagamento mútuo no encontro dos interesses e das conveniências de cada um. As questões de princípios são meros pontos de partida para as pelejas da opinião: não se trata de fazer vencer ideias, o que principalmente se almeja é o aniquilamento da personalidade adversa.

Assim era Raul Pompeia: um idealista, um homem honrado. O bilhete que rascunhou, momentos antes de suicidar-se, confirma: "*À Notícia* e ao Brasil declaro que sou um homem de honra".

Em algumas das crônicas, reunidas na presente edição, repercutem as vozes da rua, ouvidas no bonde, ou frases em que são captadas entonações do registro coloquial. Pompeia, ao contrário de Paul Valéry, que escreveu "*les événements m'ennuient*", esteve sempre atento aos acontecimentos e ao bulício da cidade, retratando incansavelmente a "Vida na Corte", título de uma série de crônicas publicadas no *Diário de Minas*. Entre outros eventos, comenta as comemorações do 14 de julho ("As casacas dançaram sob os lustres brilhantes do Cassino Fluminense.") e registra assassinatos, raptos e suicídios. Talvez, premonitoriamente, ao antecipar uma possível explicação de sua própria tragédia, Raul Pompeia tenta interpretar o chamado tresloucado gesto: "O suicida sucumbiu a uma enfermidade nervosa que o perseguia de longa data, manifestada já, como se disse, em acessos semelhantes de desespero.".

Capistrano de Abreu observara, em artigo de 1892, que "o talento de Pompeia é ultratrágico. Não há uma só pessoa que não morra na *Tragédia*", isto é, no romance de Pompeia, *Uma tragédia no Amazonas*. E acrescenta Capistrano:

"O certo é que, até pouco tempo, não havia um conto seu, mesmo microscópico, que não morresse alguém.". Assim, sobre o duelo entre Pardal Mallet e Germano Hasslocher, Pompeia escreveu que "a imprensa festejou unânime este fato como a possível introdução do costume exótico nas relações acidentadas da vida dos moços". Mas era a moda. Bilac e Mallet também "cruzaram ferros", sem testemunhas, pois a polícia estava pronta para intervir. Comentou Pompeia o fato: "Este desagradável incidente, resultado de um vivo desacordo entre Mallet e Bilac, travou-se, felizmente, sem desastroso termo, saindo apenas Mallet com um leve ferimento do lado esquerdo do abdômen.". Raul Pompeia foi também protagonista de um duelo frustrado com Bilac. Atendendo ao apelo de paz do comandante Francisco Mattos, escolhido para dirigir o assalto, Bilac deu-se por satisfeito, sem terçar armas. Raul Pompeia ficou desconsolado com tal desfecho e Rodrigo Octavio afirmou que ele viveu muitos dias sob abatimento insanável, chegando a atribuir o suicídio de Pompeia a esse duelo não consumado.

Raul Pompeia abordou corajosamente muitos temas delicados, como o do racismo: "Um destes dias, ia eu em um bonde, quando feriu-me os ouvidos esta frase formidável: – Isto ainda vai ficar com os Estados Unidos, negro há de ser preciso matar. Voltei-me. Era um mulato.". O universo das matérias tratadas pelo cronista era vário e riquíssimo: o baile da Ilha Fiscal, o Carnaval, os poetas de Gabinete (incluindo Machado de Assis), os garis da limpeza urbana e a política, esta sempre em primeiro plano. Suas crônicas tratam de assuntos considerados atuais ainda nos dias de hoje, como o escrito em 16 de fevereiro de 1891: "O ano para o Rio de Janeiro começa com a Quaresma. O ano do trabalho, é preciso dizer. Até essa época não se faz verdadeiramente nada senão esperar pelo Carnaval.".

Dentre as colaborações destinadas a jornais e revistas, uma delas, "Uma noite histórica", que abre a presente antologia, é considerada a pedra de toque em matéria de informação impressionista, se é possível reunir em um mesmo sintagma essas duas palavras que bem traduzem o temperamento e a vocação de Raul Pompeia: a objetividade no relato do acontecimento e a transmutação do fato em expressão poética. Apoiado em informações e guiado por sua imaginação febril e criativa, ele soube transmitir a atmosfera que envolveu os dramáticos momentos que precederam o embarque da família imperial para o exílio na Europa. "Às duas e quarenta e seis da madrugada de domingo, dia 17 de novembro, desenrolou-se a etapa mais melancólica do drama – a partida do Paço do Imperador", escreveu Lídia Besouchet em seu livro *Exílio e morte do Imperador*. Todo o ritual da montagem do aterrador cenário no Paço, incluindo o cerco policial, propiciou a Raul Pompeia a possibilidade de exercer as suas qualidades de escritor impressionista e poeta visionário. Ele conseguiu vislumbrar, entre as sombras e as luzes dos lampiões, as figuras dos cavaleiros e de algum raro curioso para, finalmente, concentrar-se no cortejo da carruagem, "o préstito dos exilados", vendo-se a silhueta de duas senhoras de negro, a pé, cobertas de véus. Os leitores podem acompanhar, ainda, a lenta marcha de um coche, puxado por dois cavalos, dirigindo-se à lancha que esperava por seus ocupantes no cais Pharoux.

Raul Pompeia cria um texto digno dos melhores momentos da literatura gótica, fantástica. Frêmitos de terror perpassam pelas frases melancólicas, organizadas num ritmo solene, quase lúgubre, no mesmo compasso arrastado das horas que escoam pela madrugada.

Um dos procedimentos que imprimem maior tensão à descrição do acontecimento é o jogo entre uma calmaria expectante e a inquietação dos furtivos movimentos da soldadesca. "Um grande sossego, com uma nota acentuada de pânico, reinava neste ponto da cidade." Ou, então: "sentia-se ali uma atmosfera de vago terror, como se a calada da noite, a escuridão do lugar, a amplitude insondável da praça evacuada respirassem a presença de uma realidade formidável.".

Raul Pompeia capta com a sensibilidade aguçadíssima do seu mágico realismo as dicotomias expressas em "solene sossego do largo" e "grande movimento do lado do mar"; "muralha preta" e "pontos lúcidos da imaginação". Ainda, "tropel de cavalos e detonações" e "o profundo silêncio do lugar". E, uma afirmação que resume todo o pesado ar daquela madrugada: "A tranquilidade que havia era lúgubre.".

O cronista termina confessando: "Do posto de observação em que nos achávamos, com dificuldade, ainda mais da noite escura, não pudemos distinguir a cena do embarque". Essa foi a justificativa encontrada para evitar pormenores realistas, literariamente dispensáveis, e que ele não poderia oferecer a seus leitores. Da mesma forma como Raul Pompeia escreveu *Uma tragédia no Amazonas* sem ter sido testemunha ocular do desastre, é possível que o cronista tenha apelado para a força da sua imaginação, com o intuito de suprir as lacunas de uma reportagem escrita no limite entre a realidade e a fantasia.

Cláudio Murilo Leal

CRÔNICAS

O GOVERNO

O governo vai absorvendo os poetas.

O Sr. Pedro Luiz está Ministro, o Sr. Machado de Assis Oficial de Gabinete... justamente quando encetou na *Revista Brasileira* a publicação do seu romance *Memórias de Brás Cubas,* muito interessante para que todos desejem a sua continuação.

É ligeiro, alegre, espirituoso, é mesmo mais alguma coisa: leiam com atenção, com calma; há muita crítica fina e frases tão bem subscritadas que, mesmo pelo nosso correio, hão de chegar ao seu destinatário.

É portanto um romance mais nosso, uma resposta talvez, e de mestre uma e outra coisa; e será um desastre se o Oficial de Gabinete absorver o literato.

Esperemos que não.

Revista Ilustrada, 3 de abril de 1880.

IMPRENSA E SUICÍDIOS

Um lamentável incidente divulgado pelos noticiários da imprensa fluminense trouxe à discussão a sempre debatida tese do suicídio.

Lavra entre nós a mania do suicídio! Alarma! Procura-se o micróbio. Onde está o gato? Qual é o veículo propagador da peste?

Descobriu-se que os suicídios vêm de três causas especulativas: o revólver, a corda, o instrumento em suma, causa imediata; a notícia, causa mediata; a corrupção social, causa mediata remota.

A descoberta da primeira causa não tem grande merecimento como invenção; reina completo acordo entre as opiniões a respeito. A segunda presta-se a discussões. A terceira dá no vinte.

Acabe-se com as notícias de suicídio!

Dizem que a notícia escandaliza, desmoraliza e promove. Como escândalo, habitua o público a esse gênero de rumor. O conhecimento da repetição e da frequência tira prestígio à tragédia. Familiariza-se a gente como *suicidou--se ontem...* como já nos familiarizamos com os desastres de bondes, que mil vezes ensanguentam a crônica diária da cidade; como se relacionam em camaradagem as crianças com o papão, depois de um certo número de aparições pavorosas. Dizem que, de tanto ler notícias de suicídios, ficam todos com vontade de provar; as terríveis linhas do noticiário abrem o apetite; gera-se a sedução sombria e, daí a pouco, estão todos a dar prejuízo às sociedades de seguro de vida.

Pode ser. Mas, então, é preciso haver coerência. A notícia frequente de suicídios promove suicídios; a notícia frequente de furtos deve igualmente excitar pruridos de gatunos... A notícia das fraudes, os escândalos da embriaguez, da prostituição, as aventuras amorosas dos vadios de casaca, os *locais* da bededeira, toda a massa de assuntos que o povinho ávido cheira e devora nas gazetilhas; todo esse movimento das ruas; esses encontrões com a vergonha e com a miséria; essas colisões da curiosidade inocente das meninas, com as reticências medonhas do noticiário impressionista; essas barrigadas involuntárias do leitor sisudo com o noticiário impressionista, naturalista, ditado pelo Zola invisível das *ocorrências diversas;* tudo isso dever-se-ia retirar da imprensa, a bem das conveniências morais do próximo. Tudo isso corrompe, habituando o público ao espetáculo da sociedade tal qual ela é, não aos olhos de todos os que vivem no recato da família ou da profissão absorvente, que consome as atenções do indivíduo, mas, tal qual se apresenta à vista de lince do repórter, do esgaravata-boatos, fonte subsidiária das crônicas.

A não ser assim, se o noticiário fica, fique o noticiário com o suicídio. O jornal que quiser fazer *réclame* arraste o defunto e pendure-o à sacada, sobre o público.

Se houver sangue, melhor; pintam-se cortinas, bambolinas, faz-se um cenário rubro, arranja-se um céu cor de lacre, transforma-se a folha num Mar Vermelho e deixa-se o leitor cevar-se de sangue, como um amigo insaciável de gordos repastos de sarrabulho!...

Conheço uma gentil criança, leitora recente da imprensa diária, que confessa adoravelmente, com toda a candura de uma carinha angélica, que as notícias que mais lhe agradam são as dos desastres; e desgosta-se, quando a vítima sai simplesmente contusa. Para ela o noticiário deve ser uma coisa assim, como a tragédia infantil do *Barba-Azul*.

O público tem este gosto. O noticiário tem uma poesia para ele, poesia tanto mais querida e saboreada, quanto mais encarnada e cruenta. Quem tiver horror ao sangue feche os olhos. A folha vive para a maioria.

Exatamente o mesmo, relativamente às outras notícias: quem tiver pudor encalistre-se, diante de uma local obscena; quem tiver honradez, horrorize-se à vontade, diante da narração do furto de um queijo; pode-se, até, gabar-se, consigo mesmo, de estar muito acima dessas misérias; quem for eleitor incorruptível, cuspa em cima do nome do político, honesto a três por dois e virtuoso à vontade do freguês; quem for incapaz de um assassínio estoure, sem-cerimônias de santa indignação, ao ler um *bárbaro assassinato*.

A publicação destas coisas tem mesmo a vantagem de fazer o leitor capacitar-se, cada vez mais, de que é uma alma pura, um coração de ouro e um caráter de aço!

A notícia dos suicídios tem, por sua vez, a vantagem de convencer os assinantes de que, embora seja grande o número de tolos, eles assinantes ainda estão de fora.

Então, não é magnífico?!

E, depois, é duvidoso ainda, se efetivamente a eliminação da notícia e do escândalo acarreta a diminuição do número dos atentados da criatura humana contra si mesmo.

Post hoc, ergo, propter hoc?

Por que o suicídio vem depois da notícia, a notícia provocou o suicídio?

Não senhores! É preciso estudar profundamente o estímulo ocasional dos fatos. A notícia do suicídio influirá poderosamente sobre o maníaco que possuir já a predisposição para receber essa influência.

Em geral, a imitação nasce da semelhança do caráter do modelo com o caráter do imitador, que verdadeiramente repete, não imita. Uma série de fatos nascidos do mesmo gérmen patológico de uma sociedade não são imitações, mas reproduções congêneres.

Guerrear pelo silêncio a mania suicida não é remédio eficaz.

Procure-se outro.

Dadas certas circunstâncias, um homem, arrebatado, põe termo à existência. Que circunstâncias são estas?

Aqui, os moralistas enfiam por uma série de coisas que eu poupo ao leitor e chegam à conclusão de que o suicídio, em porção, é um dos variados aspectos da moléstia social da humanidade corrompida.

Esta madeira podre dá muitos cogumelos. Enumeremos alguns:

Cogumelo nº 1 – Suicídios, já o sabemos;
Cogumelo nº 2 – Baixa do câmbio da vergonha, no mercado político;
Cogumelo nº 3 – Desmoralização da família;
Cogumelo nº 4 – Prostituição em grosso.

O Estado, meditador profundo e capaz, oportunista *bon gré, malgré,* entendeu que o melhor meio de tratar a questão da prostituição é pregar-lhe às costas um regulamento. E vai regulamentar a prostituição.

Eu proponho que se resolvam da mesma forma as outras questões.

Faça-se um regulamento minucioso para os galãs pelintras e para as rodas que eles exploram;

Faça-se uma tarifa razoável e clara para as transações políticas;

Faça-se um regulamento para os suicidas, proporcionando-lhes o Estado meios de arriar comodamente a carga da vida, sem grave desgosto para os que ficam;

Estou bem certo, vai esta teoria dos regulamentos mudar em céu aberto esta famosa sociedade, onde a escravidão é o elemento primordial das prosperidades; onde o Sr. Moreira de Barros é liberal; onde a popeline é uma instituição; onde o Sr. Coelho Bastos é chefe de polícia.

Gazeta da Tarde, 15 de fevereiro de 1885.

CÉU E INFERNO

Se a nossa política não fosse um inferno de reputação firmada, um inferno completo, com todos os seiscentos mil diabos da praga popular, inferno com chamas e caldeiras, inferno com Lúcifer, com Belzebu, com Leviatã, com Balberite, com Astaró, com Belias, Beenuto, Oilete, Delfegor, Sabatã, Axafá, Cacos, Lucésnio, com todos os demos conhecidos e desconhecidos, desde o bisbórria, eleitor canalha, até o canalha ministro, pouco mais ou menos bisbórria como o eleitor; se a política não fosse um perfeito inferno, com esta errata apenas: – onde houver Pedro Botelho, leia-se Pedro Segundo.

Se a política não fosse isto, eu diria que a política é tal qual o céu.

As mesmas nuvens passageiras e fúteis, as mesmas carrancas de fumaça, que o vento transforma ou apaga, as mesmas colorações vis, que fulgem por instantes e desaparecem, os mesmos raios olímpicos, que um fio de platina desatina e nulifica. O firmamento político tem tudo; até aquele fundo que se avista pelas abertas do véu insignificante e pretensioso dos nimbos, o verdadeiro céu, distante, silencioso; sem o Júpiter tonante e fanfarrão das trovoadas, mas onde as estrelas brilham em paz, contentes de ser estrelas; que o são os espíritos calmos dos patriotas, apartados, observando, de cima, o movimento espetaculoso das banalidades triunfantes do momento.

Com a proximidade do dia das urnas, o céu político contrai a fisionomia, num ríctus tremendo de deus zangado. Vamos ter borrasca; não há dúvida. Preparam-se evidentemente os raios. Trovões longínquos avisam; os ciclopes ferem com força as incudes, nas profundas do horizonte. Aí vêm os raios!

Um ou outro corisco, caído por descuido, vai já levando a devastação aos mortais. *Sauve qui peut!*

A nuvem mais temerosa é o *deficit,* nimbo da cor da tinta das repartições, suspenso sobre todos como um penedo ameaçador prestes a vir abaixo.

Como é de formação antiga, e muito conhecida, todos se habituaram com ela; ninguém mais faz caso dessa nuvem. A tempestade que se teme agora é de cantadas mais baixas da atmosfera. O vento cresce, daquela nuvem negra que aparece.

Tropas para o Norte, tropas para o Sul, tropas para Minas, tropas para o Atlântico. Patronas e baionetas nos quatro pontos cardeais. A esta cruz da rosa dos ventos, vão pregar a soberania nacional.

Bastante apreensivos são estes senhores do poder! Não valia a pena gastar pregos com a tal soberania: bastavam cordas. Cordas de tripa, por exemplo, como as das rabecas. Sabem que a melhor maneira de amarrar uma consciência é por meio das tripas. Os homens prendem-se bem como os macacos, pela barriga. O intestino delgado dá uma boa corda para se conter a impertinência da muito famosa vontade livre do cidadão. Com o emprego público e o suborno direto, para que soldados?

Se o Sr. Conde d'Eu deseja exercitar as suas tropas, mande-as ao Realengo.

Que significam as sonhadas insurreições de São Paulo? Que significam os boatos ameaçadores que se pretende assassinar José Mariano, no Recife?

Que sentido têm as noúcias desanimadoras dos Ilhéus, de Minas e do Rio Grande do Sul?

Estas interrogações vão ter respostas amanhã.

Vamos ter a explicação deste aspecto tenebroso, do céu político. Vamos ver a cara da soberania nacional crucificada. Nada mais interessante!

Seja qual for o resultado, há de ser coisa digna desta grande situação conservadora – negreiros triunfantes, capitães do mato no poder.

Seja qual for o resultado, havemos de ter mais uma demonstração do quanto é inferno este céu político, onde faz de anjo o Sr. Conselheiro Henriques e onde fazem de nuvem cambiante as tricas do interesse e as conveniências da pança.

Gazeta da Tarde, 14 de janeiro de 1886.

O CARNAVAL NO RECIFE
(IMPRESSÃO DE VIAGEM)

Às quatro da tarde, começa.

O povo alvoroçado derrama-se pelas ruas. Encarapitam-se às guarnições de ferro das pontes, formando verdadeiros cachos humanos, cujo aspecto caprichoso a placidez das águas reproduz em grandes manchas escuras incertas que o refluxo do rio não consegue dissolver. Apinham-se ao longo das calçadas e em toda a linha do cais; enchem as praças.

Às janelas, de todos os andares de todos os prédios, as senhoras debruçam-se, olhando, sobre a multidão, massa preta confusa de ombros e chapéus que se agita, produzindo um vasto zumbir de vozes e de passos.

Pouco o pouco, começa a negra multidão a pontear-se de cores claras.

Aqui vermelho, acolá verde, roxo àquela esquina, azul mais adiante, branco em muitos lugares. Multiplicam-se os pontos e as cores, surgem, na onda do povo, como estrelas, ao cair a noite, uns após outros, aos grupos, às porções, alinhados, dispersos.

Em meio do povo abrem-se sulcos e por aí desfilam intermináveis bandos de homens e mulheres fantasiados. Vão chegando os *maracatus*.

Antes das seis horas, o Carnaval tem conquistado a cidade.

A massa viva dos transeuntes perde o primitivo aspecto geral de negrume, à invasão das cores claras que surgem de repente, como nascidas da calçada. Modifica-se de todo a fisionomia das ruas e das praças.

Dominava a cor preta, o caleidoscópio transformou-se; vai dominando agora o branco.

Por toda parte o *maracatu*.

O uniforme desses originalíssimos bandos de foliões é uma combinação do branco com todas as cores possíveis. O branco em dois terços, na proporção.

De cima, das altas janelas, vê-se como inundação aquele tumulto de refolhadas vestes brancas, gorros brancos que dançam, braços brancos que se elevam, alçando pandeiros, amplos calções nitentes que sacaroteiam, pantufos de neve que saltitam e uma tempestade de fitas multicores, doudejantes sobre os grupos, como iriados coriscos.

Presencia-se, então, o conflito das duas cores opostas. O preto e branco confundem-se, como no entremeado das tábuas do xadrez, ou separam-se distintos em zonas sem mescla, como na bandeira prussiana.

Giram em turbilhão, comprimem-se, repelem-se, tentam de parte a parte rechaçar a cor adversa e conquistar o domínio exclusivo das ruas.

Não dura muito o combate.

Notavam-se já em diversos pontos repentinas explosões de alva poeira.

As explosões tornam-se mais frequentes. Rebentam de todos os cantos. Alvacento nevoeiro espalha-se em transparente camada sobre o povo. Começa o entrudo do polvilho.

As insolências da água nos nossos entrudos fluminenses mal dão ideia do arrojo audaz da irreverência, do polvilho e da maisena do entrudo pernambucano.

Não pode mais resistir a cor preta. O reforço do polvilho vem dar vitória decisiva ao branco.

O nevoeiro, alvacento, engrossa-se. Ombros e chapéus, primitivamente negros, alvejam agora como se lhes caísse a neve por cima.

Não se distingue mais o *maracatu* no meio do povo.

Não há mais chapéus, não há mais ombros. Não se distinguem braços nem pandeiros.

À medida que se vai cerrando o crepúsculo, um daqueles límpidos crepúsculos do Norte, cerra-se igualmente a tempestuosa nuvem de polvilho.

Uniforme brancura opaca e imóvel substitui a perspectiva acidentada da multidão em tropel.

Dos elevados pontos de vista nada mais se percebe através da nuvem.

Ouve-se apenas lá embaixo o alarido do povo em festa e a música selvagem e rude do *maracatu,* meio africana, meio indígena, barulhos de guizos, roncos de buzinas, trovoadas de tambores.

Gazeta da Tarde, 10 de março de 1886.

VEM DE CIMA

Vem de cima a corrupção dos povos.

A prova disso é o entrudo petropolitano, sob os auspícios de Sua Majestade.

Enquanto a plebe fluminense sensatamente se abstinha das orgíacas e anti-higiênicas molhadelas, os altos senhores da grande linhagem fidalga entregavam-se, em Petrópolis, com aplauso do Imperador aos excessos do mais desabrido abuso de limões de cheiro.

Se é verdade que a luz vem de cima, não sabemos como explicar a cegueira do Sr. Coelho Bastos em luta com os amantes do entrudo, quando El-Rei Nosso Senhor recomenda este jogo pela propaganda do aplauso.

Conta o *Diário de Notícias* que o Sr. Conde da Estrela ofereceu aos entrudistas, entre os quais estava o Príncipe D. Pedro, um copo d'água. Vê-se por aí que não se limitaram a bisnagas e limões de cheiro; foi um entrudo em regra, a copos d'água, um entrudo de erriçar os cabelos às cabeludas posturas carnavalescas que os jornais da corte publicaram contra a balneária dos três dias.

Esta efervescência de entrudo no imperial retiro de Petrópolis é um protesto contra a tendência do público fluminense à abolição desse brinquedo. Sua Majestade não quer que se acabe o entrudo.

El-Rei, por alto capricho recreativo, deseja nos ver a todos constipados. Para exemplo e estímulo do povo, aplaude o entrudo da sua corte. Quer que espirrem Condes e Barões, quer que espirre o povo depois dos fidalgos e só fique El-Rei enxuto para o *dominus tecum* do epílogo.

Bem diz o Sr. Ferreira Viana que temos um rei conspirador...

Sua Majestade quer rir, precisa de espirros... Espirrem todos.

Ah! Sr. Barão de Ibituruna, vem de cima a constipação dos povos!

Gazeta da Tarde, 12 de março de 1886.

ESTÁ FORMADO

*E*stá formado Luís Murat.

É um caso de parabéns: está livre daquela... gente.

A Academia de S. Paulo é uma fábrica de iniquidades a que se não podem comparar os outros cursos superiores do Império.

Ao passo que, nas outras escolas, cada lente é um exemplo de cortesia e amabilidade, o *santo ofício* paulista é a encarnação da fatuidade descortês, antipática e emproada.

O rapaz não tem simplesmente que cumprir as obrigações comuns do estudante, matriculando-se no velho convento, o *mosteiro* de Silva Jardim; precisa mais enroupar-se na hipocrisia do seminarista e mascarar-se de sorrisos humildes e complacentes de lacaio. Aquele que não quiser sujeitar-se está perdido. Passará ileso pelo *veredictum* dos inquisidores do Convento de São Francisco, se tiver habilidade para se fazer despercebido e anular-se; se tiver a fantasia de acentuar individualidade entre os colegas, nada mais o salva. A vida acadêmica lhe há de correr como uma enfiada de dissabores.

Qualquer jovem onagro, chucro de inteligência, rebelde à educação espiritual, que um negociante de Sorocaba se lembre de matricular no Curso Jurídico irá, sem dificuldade, a trote largo, estrada afora, até a formatura de borla e capelo; se tiverem o cuidado de o albardar primeiro com uma carga razoável de bons empenhos.

Não havendo empenhos, imposições que *dobrem* aqueles caracteres inflexíveis, o estudante tem de apelar para a bajulação. Ou se os leva a pés, ou a língua.

Não há meio-termo para se tratar com os intratáveis da congregação paulista.

Sem o recurso de uma recomendação que obrigue, ou sem a humilhação servil, é impossível ao estudante confiar tranquilamente no seu futuro.

Os inquisidores precisam fazer-se reputação de severos. A severidade justifica a *pose* pretensiosa de que se revestem.

A ignorância, não podendo merecer respeito, pretende inspirar terror. Não facilitemos com aqueles *venerandos* que nos podem cortar a carreira.

A Congregação da Faculdade de Direito de São Paulo, à parte as exceções de dois ou três lentes respeitáveis pela ilustração e pelo caráter, é uma congregação de ignorâncias.

Sem a proa inquisitorial que afetam não poderiam os *sábios* da Pauliceia dar um passo na rua que não lhes amarrotasse o nariz uma batata arremessada pelo ridículo.

A troça dos rapazes obrigaria a fechar-se em casa aquele bando de padres bacalhaus de que é o Sr. Leite Morais irrepreensível protótipo.

Daí o sistema do terror infundido pela grosseria de maneiras e pelo iníquo rigorismo nos exames da Faculdade.

Sob a direção de tais catedráticos, a vida acadêmica reduz-se a prolongado pesadelo para os moços de caráter.

Quando, em São Paulo, por ocasião das formaturas, os bacharéis festejam, nas *opas,* a desejada conclusão dos estudos e a entrada auspiciosa na vida prática, nenhuma ideia lhes ocorre mais risonha do que a de que não estão mais sujeitos à ditadura insuportável da Academia.

Não lhes desperta alegria a conquista do pergaminho, mas a certeza de que já podem sem susto achar, *v. gr.,* que o Rubino não passa de um decorador de *Corpus Juris,* cheio de si e cheio de textos; que o *Straccha* não passa de uma preciosa arara que fala francês; que o Leite Morais é tão criminalista como qualquer porteiro do júri.

Ver-se um moço livre daquela gente é motivo para calorosas felicitações.

Aceite, Luís Murat, as que lhe apresento.

Gazeta da Tarde, 23 de março de 1886.

AS CAMPANHAS

As campanhas de suborno, vulgarmente conhecidas com o nome de campanhas eleitorais, são levadas a cabo, sempre com êxito para o governo, graças à inexauribilidade do erário nacional. Para coonestação do pagamento e salvaguarda das aparências, inventou-se o emprego público.

Desde que o eleitor se aloja numa repartição do governo, o pagamento do voto, a quitação da negociata das *opiniões políticas* do cidadão é feita sem escândalo, sem que as cerimônias e os femininos pudores do vexame venham perturbar a gravidade dos mercadores de consciência.

Faz-se a portas fechadas o dá cá, toma lá da transação e o escândalo não se produz.

Sob o ponto de vista eleitoral, a coisa vai perfeitamente; a disciplina partidária remunera devidamente os seus suíços e o candidato oficial triunfa. Como, porém, o eleitor, pago pela nomeação, sabe que a nomeação é moeda corrente em política como qualquer outra, não se julga obrigado a considerar-se muito ao pé da letra – *servidor do Estado*; aparece, então, o inconveniente do sistema, que, de imoralidade que era pura e simplesmente, passa a ser o descalabro completo do serviço público.

Foi esta grande família de pupilos do governo, *enfants gatés* do contribuinte, foram eles que inventaram o prolóquio característico – *serviço da nação, mangação.*

Estabelecido um tal estado de coisas, esse caos administrativo de que o país é vítima, torna-se cada empregado público uma espécie de conspirador, empenhado com os colegas em nada deixar transpirar do que se passa do interior das repartições, pronto mesmo a refrear os ímpetos fogosos, do amor-próprio e da dignidade, contanto que se evite a estralada capaz de fazer pública a desmoralização de que vivem.

Entretanto, às vezes, um homem de caráter e de energia, que não deve, como exceção honrosa à regra geral, o emprego que exerce a convenções de suborno político, ou causa semelhante, decide-se a romper a superfície de tranquilidade sob a qual se oculta o descalabro burocrático.

Tenta-se abater o audacioso, ameaça-se, suspende-se, suspende-se mais um pouco.

Se o homem é duro, vai tudo por água abaixo.

É o caso do Sr. José Leão Ferreira Souto, 2º Escriturário da Tesouraria da Fazenda da Província de São Paulo.

Indevidamente advertido por outro escriturário da mesma repartição, o Sr. José Leão, apresentando as melhores razões, não quis aceitar a incompetente advertência. Esta simples manifestação de autonomia de caráter num dos elementos da engrenagem de mistifórios da nossa burocracia deu lugar a que fosse pelo Inspetor da Tesouraria da Fazenda, o Sr. Joaquim Cândido de Azevedo Marques, suspenso o segundo escriturário.

Ofendido por uma injustiça absolutamente destituída de fundamento, o Sr. José Leão redigiu uma petição, evidenciando a verdade dos fatos e reclamando a relevação da pena que lhe fora aplicada.

A resposta que teve foi uma suspensão por quinze dias, por ter revelado propósito de rebelião contra atos legais de autoridade na sua petição.

Gazeta da Tarde, 27 de março de 1886.

DEU-SE, HÁ DIAS

Deu-se, há dias, em Araras, um espetáculo original e comovente: setenta escravos de uma das mais ricas fazendas do município legitimaram, perante a igreja, a união natural em que há tempos viviam.

Esta notícia é da correspondência de São Paulo, para a *Gazeta de Notícias*.

Comentando, diz o correspondente que o fato prova uma atenuação de barbaria dos costumes das velhas fazendas.

Graças ao influxo da moralidade que vai (dificilmente, mas vai) ganhando terreno ao feudalismo de chapéu de Chile e relho, assiste-se a um fenômeno de progresso evolutivo: da promiscuidade de sexos, passaram os escravos ao concubinato; agora dão-lhes o direito ao casamento religioso...

Quer-nos parecer antes um progresso de hipocrisia.

Vão provavelmente as setenta *ménages* de Araras, abençoadas pela igreja, ser dirigidas no bem caminho da paz doméstica e do trabalho – a chicote.

Em tal caso, a que espécie de ironia fica reduzida a instituição das alianças matrimoniais das senzalas?

Não vale a pena procurar um sacramento para jungir bestas de carga duas a duas.

Qualquer canga de pau pode servir.

Gazeta da Tarde, 9 de abril de 1886.

CARRIS URBANOS

Continuam estes veículos a percorrer em disparada as nossas estreitas ruas, atropelando tudo e a todos. As posturas municipais, de 11 de junho de 1853 e 17 de julho de 1872, são infringidas com o mais brutal abuso.

A direção desta exterminadora companhia nenhuma providência tomou, quanto ao seu célebre horário tão irracional quanto inexequível.

A *flor da gente*, esses bravos assalariados que se intitulam cocheiros, comandados por seu capitão, podem impunemente cometer toda a sorte de desvarios; para eles, *não há leis nem costumes nem governo e nem moral...* a vida do cidadão está à mercê dessa borda de vândalos.

Providências, Exmo Sr. Chefe de Polícia, visto que as administrações só curam dos seus interesses.

Jornal do Comércio, 15 de abril de 1888.

CULTO

O protestantismo, com a simplicidade dos templos, parece mais religioso que o esplendor meridional dos ritos.

Há mais alma na adoração pura sem a imagem presente, que desvia o fervor, materializando o culto. O catolicismo é carnal, quase terreno, e compreende-se bem que houvesse inspirado as musculaturas de Miguel Ângelo e a divinização da Fomarina.

A simplicidade é mais tocante; dir-se-ia que decresce um pouco a presença de Deus para abrir espaço ao sentimento.

Via-se isto, na fúnebre cerimônia, há dias, na Rua dos Inválidos.

Acabara o bom rei, antes, o reinado de uma agonia.

Houve talvez na pátria um movimento de desafogo.

Aquela mão pálida, que cedo se havia de imobilizar na estreiteza de um esquife, era forte ainda para estender sobre os arsenais inquietos um galho de oliveira e era imponente, contra os ódios nacionais e contra as ambições armadas, aquele gesto que parecia acenar de além-túmulo, das regiões da eterna concórdia.

Rolem avante, agora, o Danúbio e o Reno, caudais da guerra. Os homens de coração guardam a memória do soberano que aproveitou a exaltação para ensinar o programa da paz como o melhor futuro, para ouvir a queixa dos oprimidos da conquista, para exemplificar de cima a constância no sofrimento, que governou bastante, quem pode prever? Para incluir na história dos sábios reinados uma agonia coroada.

Sentia-se esta meditação saudosa na cerimônia, no pequeno templo: *ach, Gott, verlass uns nicht!...*

Não eram as exéquias de um rei guerreiro, de rumorosa glória. Rememorava-se um príncipe que o foi para a bondade apenas, um passamento modesto que, menos que à metrópole sequiosa de futuro e de domínio, devia ferir o patriotismo da remota colônia, suavizado da ausência e da nostalgia.

E com as cabeças louras que entravam, frontes pensativas, lembrando gravuras ideais, olhos azuis, que vinham como uma invasão do céu, e com os cânticos e a vocalização plangente do órgão, reconhecia-se a Alemanha, não a Alemanha rude dos combates e do equilíbrio europeu, – a serena Alemanha da metafísica e da música.

Gazeta de Notícias, 7 de julho de 1888.

UM POVO EXTINTO

*E*m meio das florestas longes, sobre as águas de grandes rios profundos, que nascem do horizonte misterioso e correm misteriosos para o horizonte, viviam os Bacairis, mansos da brandura selvagem da índole.

Viviam felizes, ausentes da geografia sistemática, distantes da História.

Veneravam a onça sagrada de manchas negras; temiam os Caraíbas assassinos. A noite passava-lhes pela vida como um diadema de penas pretas ao redor da lua; o dia, como uma coroa de penas vermelhas cingindo o sol.

Tinham o drama primitivo dos bailados, mascarando-se como os gregos, a caráter, com as rudes máscaras de córtex, barba das de palha. Tinham a arte ingênua dos desenhos improvisados nos troncos, a cerâmica dos vasos pintados, que os dedos hábeis das esposas conformavam, a escultura simbólica dos bancos, talhados em madeira, como pássaros, para os humildes, para os melhores em forma de veados, para os supremos, imitando o dorso do respeitado tigre americano.

Aplicavam-se à cultura da mandioca e do milho e às indústrias da farinha.

Uma rede sobre outra rede era a imagem do matrimônio, redes de largas malhas, abertas ao consórcio fácil dos olhares. O marido amável poupava à mulher puérpera os enfados da convalescença, substituindo-a no melindroso repouso subsequente.

Ignoravam o ferro e a banana, traço admirável de costumes, a banana que importa a excessiva moleza e o ferro que é a resistência demasiada.

Fechava-se-lhes a independência no círculo de algumas léguas, mas eles eram um povo.

Chegaram os espantosos brancos, da estranha tribo dos homens vestidos...

Ninguém os conhecia, no mundo, representantes da primeira humanidade.

Tinham a legenda do trabalho. Aponta o sol ao nascente, o Bacairi corta; o sol remonta ao meio-dia dourado, o Bacairi corta; o sol decai para o escuro ocaso, ouve-se ainda no bosque o machado de pedra que fere eternamente o lenho.

Andavam nus, francamente, não como os outros que vivem nus também, sob a roupa hipócrita.

Os brancos mostraram as lâminas afiadas e o pano; mostraram o espelho, emblema da verdade, e que mente como um reflexo de miragem; mostraram o cão desconhecido e o burro, animais escravos como os Bacairis vencidos; mostravam o relógio e a bússola, mesquinho aviso das horas e dos lugares, como os astros contra o esquecimento consolador, mas tem a grandeza ao menos dos cenários do firmamento.

E deram-lhes o machado, as facas, copiosa propaganda de aço, desmoralizando a pedra primitiva, a amiga heroica dos antepassados na guerra e na paz, com a maravilha súbita da civilização que sabe polir a baioneta e fundir em Essen a ferocidade do progresso e calibrar as almas raiadas como a última palavra na psicologia da confraternização universal.

Mas eram livres; e estão agora marcados como um documento inerte para a etnografia, como vítimas para a catequese e para a conquista.

Gazeta de Notícias, 19 de julho de 1888.

TIVEMOS NO DIA 14

*T*ivemos no dia 14 a festa de julho da colônia francesa. As casacas dançaram sob os lustres brilhantes do Cassino Fluminense. Diante desta alegria, da *toilette* aristocrata, a imaginação é levada a considerar a feição atual da sociedade no mundo que os pobres heróis e mártires de 89 pensam haver deixado outro, depois do regime antigo dos pesados Bastilhos. A casaca, que há tempos os comunistas de Paris lançavam em rosto ao seu ardente chefe Lisbonne que fora ao baile de Carnot, a casaca pode sem perigo festejar o aniversário das glórias do poviléu. A blusa é mansa e deixa-se calcar mesmo pela ironia fora das horas do heroísmo vingador.

Depois da revolução começou um século a que os retóricos deram o nome de século do operário; e, entretanto, pode-se afirmar que os operários o vão atravessando, dia a dia, com a bandeira alçada da miséria – *pão e trabalho*. Agora mesmo chegam de Roma notícias de graves amotinações de esfaimados que devem ter ecoado desencontradamente com a grita jubilosa dos parisienses.

Festejemos 14 de julho como uma data de esperança; mas convencidos de que a natureza humana não se reforma nunca definitivamente; que a paz social é necessariamente opressora; que o egoísmo tranquilo tende a fazer-se maior egoísmo; que os vícios sociais anteriores à revolução subsistem transformados: foram apenas mais grosseiros outrora; que os homens generosos devem estar alerta na luta permanente, conquistando para o vencido o mais que puder ceder o vencedor, sempre pela transformação liberal, sempre pela revolução, que, quando não tenha outra vantagem, tem a ocasião da alternativa na fortuna, o que é sempre uma errata para as iniquidades.

******

A vida das noites tem sido insignificante.

Enchentes nos circos dos irmãos Amato e dos irmãos Carlo. Nos teatros, ainda maior banalidade.

O sucesso cotidiano é mantido triunfalmente por duas maravilhas de bom gosto: o *Pedro Sem* do Dias Braga e o *Naufrágio do vapor Porto* de Guilherme da Silveira.

No dia 15, ofereceu o *Jockey Club* um grande baile ao povo fluminense, nos salões do Cassino. A afluência foi verdadeiramente espantosa. O baile esteve na altura dos créditos da ilustre sociedade de *sportmen*.

Dizem que com esta festa despede-se o aristocrático edifício da Rua do Passeio das suas tradições de elegância e coreografia. Vai comprá-lo o governo e muda-se o foro para ali com os debates dos tribunais e a miséria das chicanas, condenando os tetos opulentos, tanta vez animados pela ressonância da música seleta de Artur Napoleão e das mais sedutoras concertistas do *high-life,* a fazer eco eternamente ao pregão esganiçado dos meirinhos à praça.

Diário de Minas, 22 de julho de 1888.

APERTA-SE A CURIOSIDADE

Aperta-se a curiosidade pública ao redor de um cadáver, há não sei quantos dias, e não sei quantos dias passarão ainda, antes que se dissolva o tropel insaciável dos bisbilhoteiros do sangue.

Falei na última crônica da seara do pitoresco que se alarga entre nós, por desgraça do mundo e mor folga dos exploradores de assunto, e falei dos motivos dramáticos de fora, que o espírito fluminense faz seus, como se indígenas fossem (o tipógrafo benévolo quis compor *indignos)* das calçadas da Rua do Ouvidor, desfiando os comentários palpitantes das esquinas, a propósito do crime de Antônio de Macedo.

Pois continuavam as atenções voltadas para a terrível ocorrência da Barra Mansa, quando três estampidos de arma de fogo, no centro da cidade, vieram mudar brutalmente a direção dos cuidados indagadores da população.

Passando pela Rua da Uruguaiana, às sete horas da noite do dia 27, fui surpreendido por um movimento excepcional de multidão no ponto dos bondes. Na calçada, perto da entrada dos *Dezoito Bilhares,* havia sangue. Falava-se de um homem assassinado, de honra, desafronta, adultério; conversava-se com a brusca familiaridade que se permite toda gente, nos momentos de emoção popular.

Um indivíduo acabava de tirar a vida a outro com três balas de revólver, apresentando-se à prisão como vingador dos seus brios de marido.

Uma corrente de povo curioso endireitava-se para a Rua da Lampadosa, onde há uma estação de polícia. Para lá tinham sido levados o assassino e o cadáver da vítima.

Na sala da frente do posto, que ocupa um prédio assobradado de três janelas, via-se sobre um sofá, estendido na palhinha, mostrando o queixo recentemente barbeado, com uma pasta de sangue à direita da boca, o cadáver do assassinado. Tinham-lhe aberto o paletó, arregaçado a camisa, e o peito aparecia, claro, de uma lividez amarelada do marfim antigo, o peito e o estômago de um indivíduo excepcionalmente robusto. No rosto voltado, de grandes bigodes pretos, e nos olhos entrecerrados, deixando ver a pupila, crispando uma contração de brejeirice sinistra, caracterizava-se ainda uma fisionomia de audácia e provocação.

Nos fundos da casa, onde construíram o xadrez, estava o criminoso. Encostava-se a uma espécie de armário, diante da grade verde dos detentos. Um homem de estatura comum, de modestos trajos, moreno, que a pouca luz do lugar e o revestimento de pavor, que parece isolar, de um momento para outro, os homens que matam, amorenava mais, como denegrindo tristemente. Achatava-se sobre a gravata um grande *cavaignac* preto, como os cabelos caracolados, e segurava com as duas mãos baixas a aba do chapéu mole. Dir-se-ia mais envergonhado do que abatido depois do que fizera.

Houve o interrogatório.

Do dia seguinte, de contínuo até hoje, tem a imprensa acumulado informações e notícias.

O assassino é Umbelino Joaquim de Silos, ex-proprietário do Hotel Baiano e negociante de fogões na Rua de São Pedro. O morto chamava-se Antônio de Sant'Ana Ramos e era estabelecido com casa de bilhares na Rua da Uruguaiana.

O assassino afirma que, há mais de quatro anos, era constantemente perseguido por Sant'Ana Ramos, que não contente de haver-se feito amante notório, escandaloso de sua mulher, vivia a amofiná-lo por meio de missivas, encontros propositais na rua, escárnios, alusões cruéis à desgraça doméstica, levando a insolência irritante a ponto de fazer passar a mulher adúltera pela porta de Silos e seguir após, acenando insultuosamente para o marido.

Maria de Silos, a culpada, é uma pardinha de vinte anos, pobre criatura sem educação nem senso moral, anêmica de corpo e alma, a quem tem faltado energia sequer para definir uma atitude em frente do lamentável escândalo de que é figura central. Limita-se à inércia de mentir à toa. Levou ao necrotério duas coroas para o amante morto e o negou perante a justiça; nega que tenha jamais traído o marido, do qual vive separada em condição de divórcio; nega que tenha conhecido Sant'Ana Ramos mais do que como simples vizinho no tempo do Hotel Baiano e, todavia, no testamento do assassinado ela é indicada como herdeira da terça.

Afirmam que é filha natural do capitalista Alexandre Corrêa Vilar, que Silos acusava de favorecer a aproximação criminosa de Maria e Ramos. Alexandre Vilar contesta a paternidade que se lhe atribui, e publica hoje declarações que mostram a situação comercial de Silos, comprometida em um bloqueio de dívidas do seu negócio, fundado e cedido por Alexandre a crédito de letras.

A publicação de hoje modifica a feição primitiva do drama, acrescentando ao estímulo da honra ofendida e das irritações o desespero das circunstâncias comerciais.

Com este depoimento das letras assinadas, o herói decresce um pouco no romance da dignidade cavalheiresca. Os tribunais devem, porém, pesar como atenuante decisiva a posição de um desgraçado comprimido de toda parte, pela infidelidade da mulher, pelas injúrias de um sujeito sem escrúpulos e pelo desastre dos seus interesses.

******

Como acontecimentos do mundo artístico, devo registrar chegada de Pedro Américo, com a tela do *Grito do Ipiranga,* que foi para São Paulo, antes que o Rio de Janeiro pudesse espiar-lhe um recanto. Pelas fotografias expostas, avalia-se. Deve ser uma composição de efeitos audaciosos de colorido, como o é de desenho, reproduzindo-se a maneira teatral a Gustave Doré que é tanto do gosto do ilustre mestre brasileiro.

Registre-se, igualmente, a partida de Belmiro de Almeida para a Itália, uma viagem que equivale à promessa dos triunfos para a arte nacional que o pintor dos *Arrufos* pode bem, decerto, conseguir.

Ainda nos domínios da arte, e, para concluir, insiro a notícia do jantar que oferecem hoje alguns amigos ao Dr. Ferreira de Araújo no restaurante do *Club* Beethoven. É hoje o aniversário da *Gazeta de Notícias*, o décimo terceiro, uma dificuldade fatídica de que há de sorrir o valente jornal, como de todas as outras vencidas, mais positivas, que têm constituído a sua glória.

Diário de Minas, 5 de agosto de 1888.

O ATIVO PROPAGANDISTA

O ativo propagandista Dr. Jardim fez uma conferência, domingo, no salão da Sociedade Ginástica Francesa.

A concorrência foi enorme.

É preciso que se note, contudo, que não foi popular. A ideia republicana, no período atual, está ganhando adeptos no elemento conservador. O elemento radical persiste inerte. Não sei quando conseguirão os propagandistas mover a massa democrática. A ansiedade geral, reclamando a medida humanitária de que a regência quis fazer a sua glória, encheu de tal maneira a expectativa das multidões, que o povo desaprendeu o sentido de liberdade na acepção política. Clamem os propagandistas, com toda a eloquência da história, com toda a verdade da lógica, com toda a energia das boas frases, o povo há de suspeitar que vêm do ódio todas essas razões formidáveis e ele só tem ouvidos para a dialética do amor. Querem homens livres e reclamam impacientes, esquecendo que, há dias mesmo, no regime condenado, o número cresceu tanto dos homens que foi como um desdobramento da pátria.

A pobre gente que recusa entusiasmo à propaganda dos princípios é, entretanto, um aferidor infalível quando a teoria se traduz em fato. Contente-se a propaganda com adesão dos poderosos por ora; que o apoio do povinho não faltará na oportunidade.

Atualmente, o povo prefere à política a romaria da Glória.

Há muitos anos que a festa religiosa da ermida do Outeiro não tem a concorrência de ontem.

Desde muito cedo, de manhã, até à hora do fogo, a multidão incalculável agitou-se, no largo embaixo, pela ladeira, no vasto terraço de pedra que cerca o templo.

A festa da Glória, desde o remoto período tradicional, é uma ocasião de *rendez-vous* dos Príncipes com a arraia miúda. Este ano faltou o melhor do contigente da nobreza. Com o luto do Príncipe Dom José, a Princesa Regente não pôde comparecer.

Não foi menor a ingênua alegria dos festantes, essa boa alegria econômica e franca, que se consegue com alguns vinténs, duplamente prosaica e mística que a rosca imensa e o registro bento simbolizam e resumem.

Diário de Minas, 19 de agosto de 1888.

PARA CONSERVAR

Para conservar à crônica de hoje a fisionomia reproduzida da vida fluminense, era preciso que eu fosse por todas estas linhas adiante, enfiando lanternas venezianas de papel-*tuyauté,* inflamando gás e as mechas de mil copinhos de cores clareando a insignificância normal dos feriados com fogos de bengala, que me invejasse o rival do Dr. Pain, o patriótico e animado artista Campos, reduzindo a luminárias, chispas de estopim, tiros de dinamite, tudo que me pudesse emprestar de espetáculo e espalhafato pirotécnico um compêndio de grande estilo.

E teriam os leitores o cenário aproximado da vida popular nos mais alvoroçados dias destes oito mais próximos.

Por motivo da volta do Imperador, tivemos luminárias e fogo no Engenho Novo, luminárias e fogo em Botafogo, fogo e luminárias em São Cristóvão. Compreende-se bem como rodeou a cidade, sábia de lealdade e cortesã, a espiral ardente do regozijo público, coleando cerimoniosa de muito longe até centralizar-se e acabar nos jardins da imperial residência.

Não se pode contestar, entretanto, que foi reles toda esta profusão de alegria acesa, fabricada de economias do festeiro, imperícia dos fogueteiros e péssima distribuição do serviço geral. O fogo da enseada, anunciado para as sete horas, começou às dez; o que deu lugar a que o Imperador se retirasse antes do começo.

É verdade que, nisto de luminárias, fogos, o povo pensa como o Fradique Mendes, no Egito, diante das tigelinhas de barro da iluminação do Beiram; diverte-se com o pior, como se fosse excelente encontrando na chama, como quer que a preparem, a qualidade primordial imprejudicável de ser chama e brilho, o suficiente para aquecer e abrilhantar o prazer da reunião que se procura.

A prova está na concorrência.

É incalculável a população que se moveu para os festejos em todos os arrabaldes. Os bondes não podiam conter a lotação desmedida do tráfego, principalmente da volta. Os passageiros agarravam-se em cachos, pelas colunas, depois de encher os bancos e as plataformas; galgavam, oito, dez e mais, a própria coberta dos carros, que por milagre não cedia ao peso. A Praia de Botafogo, extensíssima e larga, era insuficiente para acomodar o trânsito e o estacionamento dos veículos, do povo, que ali apareceu na noite do domingo.

A festa neste bairro teve um atrativo especial. Queimando-se no mar sobre barcaças, as peças de artifício e os fogos cambiantes repetiam-se na água lisa os reflexos de luz, descampando até o cais esteiras de vivas brasas um efeito indescritível. Ao mesmo tempo, a curva iluminada da rua, refletida em frente, como os fogos dos barcos, completava a ilusão deslumbrante desta iluminação submarina.

Diário de Minas, 9 de setembro de 1888.

ESTAVA CONCLUÍDA A ÚLTIMA CRÔNICA

*E*stava concluída a última crônica, quando vi, quinta-feira passada, em uma das folhas da tarde, a notícia incrível do suicídio do aluno Casimiro, do Internato de Pedro II. Mais um assunto sombrio daquela malfadada semana.

O pobre rapaz, moralmente comprimido entre a imposição paterna e o instinto da própria vocação de pintor, ou, porventura, a simples repugnância que lhe inspirava a aplicação aos estudos, resolveu simplificar o embaraço atirando-se fora da vida por uma janela.

Comentou-se, a propósito, o problema da educação e nada se adiantou. Se havia a ponderar a lição encerrada no fato, de que as vocações são sagradas, não se podia, contudo, esquecer que a pressão bem-intencionada dos pais estimula e encaminha muita vez a vontade mal habituada. Depois, quando a vocação é intensa, não há obstáculo que a derrote. O pobre pai que se acusa de ter feito morrer o filho, entendia, com razão, cumprir um dever de afeição contrariando-o.

Não há remédio senão considerar como um desastre o que sucedeu, saída por onde escapa a filosofia de muitos casos. O suicida sucumbiu a uma enfermidade nervosa que o perseguia de longa data, manifestada já, como se disse, em acessos semelhantes de desespero.

Vítima de desastres nervosos é, talvez, como se deviam classificar os personagens de uma série de dramazinhos vergonhosos que a polícia andou a descobrir, ultimamente, e cujos nomes foram castigados por todos os anátemas e opróbios. Tivemos uma semana de raptos. Quase um por dia!

Em benefício da estatística, senão da moralidade, seria bom verificar se efetivamente foi o número de raptos que cresceu ou se foi a mera casualidade de os descobrir que mais frequentemente se repetiu. Não vamos computar injustamente a veemência erótica de uma semana como as outras...

O certo é que na Corte e em Niterói foram escavadas vergonhas de todas as marcas para a vitrine do escândalo.

Desde um professor que desencaminhou uma menor para um prostíbulo, até à *ménage* primitiva de um estudante da Escola Politécnica, afiançado na polícia pelo correspondente, o qual mantinha (o estudante) *família,* pagando o aluguel e mais despesas da casa onde asilava a vergonha de uma pobre criança e a pouca-vergonha de uma desnaturada mãe, que especulava com as circunstâncias.

A gritaria foi grande sobre estes fatos e sobre os outros, a imprensa queimou indignação às fogueiras, em respeito à moral. Está parecendo, entretanto, que tudo acabara abafado no segredo como do segredo nasceu, deixando a vantagem somente do escândalo para os noticiários e a infâmia do nome para algumas reputações.

Nada, em última análise, porque os noticiários vivem *l'espace d'un matin,* uma viagem de bonde, e, entre nós, é muito comum a restauração moral depois das grandes quedas, a ressurreição mesmo de figuras inteiramente anuladas, recobrando à sociedade os membros cortados, como as lagartixas.

A miséria das verdadeiras vítimas não vale a pena contar.

Diário de Minas, 14 de outubro de 1888.

NA SEGUNDA-FEIRA

Na segunda-feira, por volta das 2 horas da tarde, subia a Rua do Ouvidor um tropel de povo, sem motivo que o guiasse, aparentemente. Adiante iam os três... Eram os três que a curiosidade pública perseguia. A mulher, o concunhado e a sogra. Um tipo pálido de *cavaignac,* uma senhora de preto e uma mocinha cor de leite, loura, de elegante *toilette* cinzenta e chapéu de palha. Por que razão eram seguidos? Uma simples família em trânsito. Contava-se então que tinha havido um escândalo na Rua da Quitanda, da mocinha cor de leite com o marido e que esta o *plantara* na calçada, deixando-o pelo sogro e pelo concunhado.

Os farejadores de enredos picantes, com as vagas declarações feitas em uma estação policial, a que parados os três para fugir ao povo e o marido para encontrar os três, organizaram logo um romance de torpeza digno da semana passada, em que havia, pelo menos, a honra de quatro sacrificada, escapando a sogra pela posição superior de gênio mau instigador de tudo aquilo.

O romance nasceu e divulgou-se pelas folhas: o concunhado bifara a mulher do outro, não satisfeito com a própria, e iam às maravilhas unidos no mesmo lar, sob os auspícios da matrona. O *outro,* coitado, de fora, não tinha remédio senão levar as mãos à cabeça e lamentar-se. Um horror! O encontro e a repulsa da Rua da Quitanda era o derradeiro episódio da vergonhosa história.

À última hora, a verdade surge personificada em um gordo jovem advogado do nosso foro, e protesta contra a barulhada, dizendo que o público nada mais viu do que o lado exterior de uma inocente rusga doméstica; que, se os dois esposos se separavam com intervenção de terceiro, era somente por arrufos e leviandade, de crianças que são; que os palavrões de honra não vinham ao caso; que não havia nada grave no assunto, a não ser a injustiça dos juízes temerários do público...

Moralidade do conto: ninguém case cedo demais.

Diário de Minas, 21 de outubro de 1888.

EM UM TERRENO

*E*m um terreno do Restaurante Campestre do Jardim Botânico, bateram-se em duelo dois rapazes da imprensa, Germano Hasslocher e Pardal Mallet. Duelo legítimo, de sangue.

Germano teve um braço varado pelo florete do adversário.

A imprensa festejou unânime este fato como a introdução possível do costume exótico nas relações acidentadas da vida dos moços.

Teoricamente eu divirjo desses aplausos. O duelo, para mim, é magnífico em uma vistosa estampa de romance ilustrado. Fora disso, considero uma brutalidade absurda e repugnante e peço licença ao leitor para enviá-lo ao capítulo soberbo de Max Nordau a respeito do assunto, na sua obra incomparável de vulgarização, das *Mentiras convencionais.*

Não se compreende o duelo sem o risco de morte. Ainda menos se compreende, com as ideias atuais da luta pela vida e do requinte complicado dos combates da civilização, como se não reputa uma covardia decidir um embaraço pela supressão do adversário, desviada a questão do terreno em que seríamos batidos, vingando a superioridade moral que nos vexava com a vantagem de uma habilidade física que nos favorece, assassinando o argumento honesto de uma boa razão com um sofisma sangrento do espadachim.

Diário de Minas, 9 de dezembro de 1888.

UM DESTES DIAS

Um destes dias, ia eu em um bonde, quando feriu-me os ouvidos esta frase formidável:

– Isto ainda vai ficar como os Estados Unidos – negro há de ser preciso matar.

Voltei-me. Era um mulato. Bem-vestido, distinto, um anel de formatura no dedo, no rosto um disfarce de pigmento claro. Mas viam-se-lhe distintamente, através dos poros do pigmento, como as cabecinhas retintas dos antepassados espiando. Ele é que não via nada, o nosso herdeiro atávico da África. Nem mesmo ao espelho, distinguira nunca a marca da raça, acentuada nos cabelos, na dobra da orelha, nos traços gerais da sua fisionomia. E com certeza não era para dominar a voz do sangue que ele articulava o protesto clamoroso de caucasiano *enragé*.

Conversava com um vizinho, bonito exemplar de sibarita gordo, um tipo esferoidal da felicidade burocrática, que entrara no bonde palitando os dentes e, no momento mesmo da frase do mulato, rodara sobre si mesmo para apreciar três costureiras carnudas que vinham no banco imediato posterior. Este gorducho fizera ocasião para o grito étnico do pretendido filho de Jafet, com as queixas que começara a produzir contra a desorganização do serviço doméstico, assunto em que várias vezes tentou ficar furioso.

A carrancuda exclamação do meu companheiro de viagem define uma direção de ideias que parece atrair no momento uma parcela de opinião e que não pode pronunciar-se sem que se lhe oponham os embargos do justo raciocínio.

Contra a estupidez do ódio de raça, de que haverá talvez quem se ufane, existe imediatamente a objeção dos sentimentos de caridade que lhe são contrários e cuja ausência denuncia inferioridade moral na raça que os não possui –, bem desgraçado motivo de ufania.

Ódio de raça contra uma pobre raça oprimida e deprimida é, antes de tudo, uma barbaridade soez.

No Brasil, seria monstruoso; ódio de raças nesta terra, onde, sobre o sacrifício de uma, se fez toda a prosperidade de outra, desde a prosperidade material da economia doméstica, até a prosperidade intelectual, porque com o trabalho do escravo pagava-se a matrícula dos cursos, aos quais os senhores, os filhos dos senhores iam aprender pretextos darwinianos para desumanos desprezos; nesta terra onde a raça do trabalho foi perpetuamente exemplo de paciência e submissão, disparate de instintos bons que não deviam existir em naturezas deformadas pela escravidão e que, mesmo no dia inesperado da liberdade, tão simpaticamente se fizeram notar na prudência, no comedimento das manifestações de alegria...

Seria monstruoso, se não fosse apenas a mais mal achada das perífrases da reação do interesse energúmeno.

Semelhante sintoma de perversidade nunca existiu felizmente na alma brasileira. Se alguma coisa pode provar que a coexistência da escravidão na nossa sociedade não nos viciou mortalmente, é a maneira fraternal com que a condenamos.

Andam agora, depois do belo testemunho de fraternidade, para o qual a nação se fez uma, em um momento heroico, andam agora alguns teóricos de palestra a falsificar essa triste causa para dar generalidade aos assomos de sentimentos exclusivamente pessoais e conveniências de grupo.

Isto a propósito da *Guarda Negra,* de que tanto se tem falado.

Pretendem que a *Guarda Negra* é uma raça armada para a provocação ou para vinditas, e incitam represálias de raça contra a guarda.

A *Guarda Negra* não é mais que um produto efêmero da paixão política.

Contra a heroína do Treze de Maio, que se jura, não obstante, não o ter sido, não se elevou no país uma onda de despeito confesso? O contraste do respeito era uma consequência de igual forma natural.

A *Guarda Negra* é o respeito organizado, é a gratidão arregimentada.

Com que fim? Defender a Princesa e o trono. Mas as nações têm a sua fatalidade histórica. Os episódios apaixonados serpeiam sinuosidades, que não prejudicam a linha média do desenvolvimento social. A paixão da *Guarda Negra* não pode por si só amparar o trono. Será forte como apoio monárquico enquanto estiver com ela a força da vontade nacional.

Esta dependência legitima-a; e a questão de raça está excluída. Representa uma intensidade de paixão no sentimento geral e nada mais.

A origem dessa paixão é o agradecimento. O agradecimento nasce do agrado, como o despeito do desagrado. Depois da libertação de maio, que queriam os críticos das multidões que sucedesse? O fetichismo da raça negra não devia levá-la à consagração de uma individualidade simbólica que concentrasse a religião do agradecimento?

Foi consagrada a Redentora.

Em nome desta consagração os negros fazem a guarda. Um simples partido político, político sentimental, que acabaria gloriosamente esmagado no seu heroísmo, se contra ele marchasse a força da opinião.

Por *Guarda Negra* entende-se aqui o partido popular da Corte, ou o povo negro de todo o Império. É a gratidão dos redimidos manifestada com elemento político.

Destas considerações para a aprovação dos assaltos de arruaça contra a propaganda republicana, vai grande diferença. Enquanto os republicanos não se apresentam, fora da lei, dispostos para a revolução no terreno dos conflitos materiais, os partidos monárquicos positivos ou sentimentais não têm direito de se opor materialmente. A garantia constitucional da liberdade do pensamento deve protegê-los mesmo contra os entusiastas da ordem vigente.

Excede-se, porém, a *Guarda Negra,* com a facilidade de desordem de todos os partidos populares e arriscando-se à repressão do governo, isto não justifica a calúnia à pátria daqueles que, por intriga política, desviam a questão do terreno político, em que está com a guarda a opinião da atualidade, para o terreno das oposições de raças.

Tencionarão sinceramente criar o ódio que não existe? Malevolência desonesta e tardia. A hora de odiar a raça negra já passou. Era quando ela significava a escravidão e nos estragava o caráter com a lição corrupta da sua miséria. Agora, que a temos integrada, na nossa constituição de povo, pelo sangue, pelo ouro que lhe aceitamos, e que deixou de ser a degradação contagiosa do servilismo, de um sentimento único lhe somos devedores, o mesmo que ela tributa à senhora que representou a nação no mais enérgico dos seus movimentos – a gratidão.

Tanto mais que o contágio de aviltamento que nos pegou a raça escrava foi tão pouco profundo que tivemos ainda coração para libertá-la.

Esta questão de raças é o desenvolvimento retórico dos famosos conflitos do dia 30, como o interessante inquérito aberto na Terceira Delegacia do Dr. Valadares é o desenvolvimento pragmático para zé-povo ver. O primeiro desenvolvimento não promete levar a muito. A que levará o segundo?

A polícia interroga para descobrir criminosos. Mas, em um tumulto, ou são considerados todos criminosos, ou ninguém. Em ambos os casos a sanção legal não pode intervir.

A polícia imaginou por probabilidades que algumas pessoas mais conhecidas podiam ser apanhadas em culpa, ou, pelo menos, indicar culpados. Foram convidados a depor os Drs. Silva Jardim, Sampaio Ferraz, Teixeira de Souza e Barata Ribeiro, ilustres cidadãos republicanos.

As declarações do primeiro deixaram o 3º Delegado em branco, em uma enleada de irreverências pilhéricas. O interrogatório do ex-Promotor Público acabou em briga, tendo o Sr. Valadares necessidade de fazer retirar-se guiado por uma praça o esclarecedor com os esclarecimentos. O Dr. Teixeira de Souza afiança que não acede ao convite da polícia. O Dr. Barata Ribeiro naturalmente faz o mesmo...

Fica assim a polícia, depois das cuidadosas averiguações, habilitada a proceder... em caso de novo conflito, se for mais zelosamente policiado....

Diário de Minas, 13 de janeiro de 1889.

ANDA A FEBRE AMARELA

Anda a febre amarela, ou melhor, a variada epidemia de febres da quadra atual com ares e modos de querer dar razão à imaginação de pânico que representei na última crônica.

Apesar da campanha que lhe move o governo e a filantropia particular de mãos dadas com a ciência, o micróbio persiste, multiplica-se e progride na empresa de morticínio do seu mister, invencível como o capricho de algum novo deus, da mitologia do infinitamente pequeno, mais temerosa que as antigas do infinitamente grande.

O obituário da peste aumenta-se de modo assustador e, se o complemento das medidas de salvação pública que se projetou, ou uma mudança de tempo não interromper o curso progressivo da calamidade incipiente, não sei a que extremos de desgraça iremos parar.

Esta preocupação é o característico de quase toda a atividade administrativa dos últimos dias.

Começam a ser organizadas as comissões paroquiais de socorros sob a direção dos vigários e dos fiscais; escolhem-se pelas freguesias edifícios em condições de ser aproveitados para receber doentes; a municipalidade votou um crédito de dez contos para a distribuição gratuita de medicamentos pela população sem recursos; foram suspensos os trabalhos das escolas municipais; foram suspensos os exercícios militares da guarnição da cidade e reservadas para as primeiras horas da manhã as manobras de instrução dos recrutas; foram abolidos os funerais; vão ser proibidas as corridas de hipódromo; e anunciou-se por último que vão ser convocados os presidentes das sociedades carnavalescas para uma reunião em que o governo proporá que não saiam este ano os préstitos do costume, ou que se adiem para outra época as perigosas alegrias do tríduo da folia.

Entretanto, o aspecto normal da cidade não apresenta modificação notável.

Apenas mais alguns carros fúnebres no caminho dos cemitérios.

Quanto ao mais, no círculo dos negócios e no círculo dos divertimentos, o Rio de Janeiro é o mesmo.

O terror limita-se às palestras.

E, a não ser a procura das situações recomendadas pelo clima ameno ou pela salubridade, Tijuca, Corcovado, Petrópolis, Friburgo, Teresópolis, que se vão povoando de retirantes fluminenses, a não ser um ou outro tímido que se vê levando algodão canforado a cheirar nos bondes, e principalmente a impressão dos parentes, dos íntimos das pessoas que o mal atinge, nenhuma observação atesta, na vida comum, a excepcionalidade do período que atravessamos.

Esta fisionomia de indiferença da multidão prova bastante que a epidemia está muito longe de ser o que os exagerados apreciadores afirmam.

Não tardará, porém, a declarar-se o pânico com todas as tristes cenas e episódios das populações flageladas, se o desenvolvimento do mal continuar na proporção da última semana.

Diário de Minas, 3 de fevereiro de 1889.

POR MOTIVO

*P*or motivo de não haver dinheiro a rodo nos tempos bicudos ou por qualquer outro que melhor se averigue, o certo é que o Carnaval deste ano foi o pior a que tem assistido o Rio de Janeiro.

Pode-se dizer que teve um dia único, a terça-feira. No domingo os *Tenentes do Diabo* puseram na rua um pequeno préstito tão insignificante e tão pobre que, conhecido o justo orgulho da rica Euterpe Comercial, acredita-se que aquilo foi uma sortida mal lembrada para o simples fim de mostrar oficialmente o esplêndido estandarte novo que Rodolfo Amoedo decorou com admirável garbo. Serviu também a passeata para a distribuição de *bouquets* à imprensa, em agradecimento às simpatias testemunhadas por ocasião do incêndio da *Caverna*. Tanto para a distribuição dos *bouquets,* como para a mostra do estandarte, se a sociedade, grandemente lesada pelo seu desastre, não dispunha de recursos para fazer saída solene à altura das suas tradições, delegasse uma comissão dos seus distintos membros que a representassem, sem caráter de préstito. Seria mais tocante e principalmente seria coisa completa, o que não sucedeu com o apressado arranjo do domingo.

Na terça-feira, diante de uma enorme afluência de povo, disputaram a vitória do espírito e do luxo o *Club dos Democráticos* e o *Club dos Fenianos*.

Brilharam ambas as sociedades nos carros decorativos que apresentaram e que foram este ano, verdade seja dita, os de mais graça e mais delicado trabalho que se têm exibido entre nós. Quanto a sócios fantasiados, o que representa a despesa pessoal dos festeiros, foi notável a economia geral. Poucas carruagens e em diversas, de caixa reclinada, apresentavam-se sócios à paisana, uma novidade de agora. Não se pode contestar que os fantasiados souberam esmerar-se em elegância e luxo.

As *ideias* foram mais ou menos felizes, exceto as alegorias da Lei de 13 de Maio que foram concebidas sem grandeza nem originalidade, perdendo-se assim, com a memorável data do ano passado, ocasião de montar, não já um carro, mas um préstito inteiro de glorioso aparato, que ficasse único nas tradições do Carnaval fluminense e nos anais da estupefação burguesa.

Diário de Minas, 10 de março de 1889.

JUIZ DE FORA

Juiz de Fora teve há pouco ocasião de conhecer pessoalmente um dos escritores que maior honra fazem ao movimento artístico do pensamento no Brasil. Percebem que me refiro a Artur Azevedo. O ilustre poeta, comediógrafo, jornalista, pertence a essa espécie abençoada de pessoas que andam vestidas numa atmosfera de simpatia comunicativa e bom humor contagioso que afasta para longe de sua convivência o tédio, característico, aliás, das ótimas relações de muita gente boa. Resulta esta impressão de caráter da discreta amabilidade do cavalheiro e, principalmente, da invejável presença de espírito (usando a expressão em um sentido que devera ser o verdadeiro) do escritor, prevenido a todo momento para florear a conversação com as bruscas sortidas e as vivas cabriolas de uma *verve* rara, que não tem o mau gosto de descer até à rudez da *piada,* nem a maldade afinal impertinente de abusar do epigrama pessoal.

Esta vivacidade espiritual que nos dá ideia de um cérebro formigueiro em plena animação de células sadias, que se nutrem e que vibram simplesmente do que o mundo produz de mais vivo e mais rápido como impressão, desde os aspectos cômicos, até aos levemente graciosos, esta feição sedutora da inteligência de Artur Azevedo, que tão facilmente, tão despretensiosamente e tão notavelmente se revela na sua conversa, é o mesmo traço distintivo de todas as suas produções literárias.

Daí o sucesso permamente das suas composições dramáticas, que, realizadas muita vez para atender ao reclamo urgente de um empresário em estação pouco próspera, não são sempre de grande apuro literário, mas conservam indefectivelmente o cunho da originalidade do escritor.

Os seus versos, os seus artigos de imprensa, que a aceitação constante tem coroado sobre a assinatura de *Elói, o Herói,* até os conceitos improvisados num canto de álbum, todas as linhas de sua pena incansável e fluente, são outras tantas representações do estilo, do brilhantismo, da fecundidade do conversador. Um soneto publicado ultimamente na revista *Treze de Maio,* que eu transcrevo por amostra, resume o gosto geral do artista, o tom ligeiro agradabilíssimo dos seus trabalhos, aduzindo ainda uma nota especial de fina malícia que o escritor às vezes usa e sabe como ninguém insinuar a modo de quase candura.

Muitas vezes, sorrindo, me perguntas:
– Se eu morrer hoje meu querido amigo,
Fazes-me uns versos? fazes-me um artigo?
E eu te respondo: – As duas coisas juntas.

No entanto, fel ao meu pecado ajuntas,
Se assim te pões a gracejar comigo:
Não poderia ver o teu jazigo
Como o jazigo vi de mil defuntas.

Oh, não! não morras, pálida formosa,
Porque a morte inimiga escura e fria,
Fora indiscreta, fora perigosa...
Se tu morresses, eu também morria,
E a minha dor acerba e escandalosa
O teu cadáver comprometeria.

Nestes versos, existe a frescura, a naturalidade, a alma simpática de toda a obra de Artur Azevedo, um dos poucos exemplos de nativa originalidade na fase atual da nossa literatura.

Os seus contos ultimamente colecionados e dados ao prelo são ainda documentos perfeitos desse caráter. O autor dos *Contos possíveis* diz em prólogo que não parecem da mesma pena as variadas narrativas do seu livro. Nada menos exato.

Variam os gêneros, sim, varia a maneira de contar, varia a maior ou menor importância ligada ao assunto no momento de escrever; mas, apesar disso, apesar das diferentes épocas a que são atribuídos os contos, o processo comum da frase, a preferência dos assuntos, o capricho de surpresa final, o pensamento humorístico encerrado como moralidade da fábula, adotadas as alterações convenientes ao assunto, ora grave, ora alegre, ora rasgadamente burlesco, constituem, do princípio ao fim do livro, uma demonstração indiscutível de unidade genésica, tanta, pelo menos, quanta se pode exigir para uma série de produções independentes.

Seja, porém, como for, aceita a increpação de desigualdade, só porque o narrador quis uma vez narrar em verso, depois em prosa, numa página, a jeito de anedota, em outra, mais zelosamente trabalhando, o que fica fora de dúvida é que os *Contos possíveis* fazem um livro de primeira ordem, a mais interessante das leituras e um dos mais belos títulos de orgulho da atualidade literária.

Console-se o Maranhão, de onde Artur Azevedo é filho, com a lembrança de que ainda lhe restam destes zeladores dos seus créditos intelectuais, console-se do recente golpe que a feriu, como ao Brasil inteiro: a morte do seu outro ilustre filho, Teófilo Dias.

Com a Província do Maranhão, o Brasil inteiro deplora o falecimento do grande poeta, exatamente na ocasião em que delineando com esmero a *Comédia dos deuses,* ampliação versificada do *Ahasverus* de Quinet, preparava-se para empreender o poema da *América,* preocupação dourada do artista, que ele saberia concretizar com a superioridade respeitada de todos os seus contos.

Desde a publicação da *Lira dos verdes anos,* ao chegar a São Paulo, os versos de Teófilo Dias se fizeram notar pela correção absoluta. Ritmo, rima, seleção feliz do vocábulo, firmeza do epíteto, todas as boas qualidades da produção genuína do artista suficiente concorriam para o êxito das suas estrofes. Três dias e mais de tentativas febris e trabalhosas experiências podiam custar-lhe um soneto; mas o resultado era a composição una, consolidada num bloco de perfeição, donde era impossível destacar uma partícula sem a completa desnaturação do conjunto. E o poeta sabia buscar sem rebuscar; o seu esforço não redundava em catar o precioso, mas em inquirir a exatidão formal das expressões e justeza representativa da ideia e do sentimento. Uma das grandes faculdades artísticas é obter a expressão espontânea e poder, sem prejuízo da espontaneidade, criticá-la longamente, para que não degenere, como é comum nos casos da solta inspiração, em coisa semelhante ao que os adversários da oratória de um fecundo tribuno inglês denominaram *eloquência diarrética*. Teófilo Dias foi talvez o primeiro poeta nacional que tentou a lapidação atenta da frase métrica. E conseguiu-a admiravelmente. Entretanto, nos seus trabalhos nada se observa que não seja a pura naturalidade. O esforço distribui-se pela contextura geral da peça, de modo que não é possível determinar onde mais vezes calcou o polegar do artista sobre a matéria plástica da expressão. Verso por verso, são todos fáceis os que Teófilo Dias produziu. Considerando a estrofe, começa-se a perceber a beleza da dificuldade vencida. Considerando a composição inteira é que se surpreende o entravamento nervoso e muscular do todo, expandido num gesto triunfal, o *eureka!* da forma, depois da agonia do trabalho e da tentativa ingrata.

Veja-se "A matilha" para exemplo.

Perseverando na intenção de naturalidade, Teófilo Dias não evitava somente o elemento *raro* na sua poesia, evitava toda e qualquer violência de construção poética, como o trocadilho camoniano, apreciado de outros poetas, compreendendo que o brinquedo malabar das palavras pode facilmente, com certas brutalidades onomatopaicas, espantar toda espécie de poesia das linhas metrificadas. Infelizmente, este gosto do estilo chão passou da forma para a concepção da poesia e o artista não cuidou muito de investigar emoções extraordinárias, restringindo a inspiração num círculo de modéstia, onde o estro próprio, já de si pouco usado, abdicava frequentemente em favor das traduções e imitações da arte francesa.

Mas não faltava sentimento ao poeta. De modo algum. Provam-no de sobra as poesias em que ele o quis revelar; provava-o aquela deliciosa maneira de récitas, sábia, profunda, vibrante, que Teófilo possuía para o encanto dos amigos, quando, nas expansões de uma reunião escolhida e íntima, tencionava fazer ver a opulência de qualquer composição de poeta admirado.

Era esta força, aliada aos recursos ilimitados da forma de que o artista podia dispor, exibidos em tanta cópia, principalmente por algumas páginas da principiada *Comédia dos deuses,* era esta força conhecida a grande garantia da *América* que a morte impediu de se escrever.

Morreu assim Teófilo Dias, sem que o conhecêssemos em toda revelação da sua capacidade. Resignemo-nos a admirá-lo no que deixou feito que não é tudo quanto nos devia dar o extraordinário artista mas que vale alguma coisa mais felizmente do que uma predestinação de Marcelo.

Duas simples notas literárias excluíram o registro dos casos dos sete dias da semana fluminense.

Posso garantir aos leitores que nada perderam privados do comentário seco de uma semana estéril.

Diário de Minas, 5 de abril de 1889.

O MINISTÉRIO JOÃO ALFREDO

O Ministério João Alfredo está a ponto de naufragar, entre o Senado e a Câmara dos Deputados.

A atualidade é um momento tão grave, que o espetáculo da política do dia só pode-se comparar ao delírio das bússolas, durante as tempestades elétricas. Homens e opiniões, boatos e programas, ambições e receios, dedicações e ganâncias cegas, tudo se confunde e baralha, como os naipes de um jogador bêbado; de tal maneira que quem vê de fora a partida desconhece inteiramente o jogo e não pode senão ingenuamente arriscar previsões de carteio.

O povo vem para a rua; aperta-se em grupos pelas esquinas, como para fazer represas às novidades que circulam; anseia e interroga, confirma e rebate. – Que sabe sobre o Ministério? Firme e como nunca.

Não escapa das primeiras sessões da Câmara! O João Alfredo está perdido. Qual! Dissolve a Câmara! Como se explica esta falta de sessão? A oposição está caçoando... É o próprio governo que impede as sessões, manobrando com seus os amigos... Vê? O João Alfredo partiu para Petrópolis!... Não partiu! Partiu sim! Teve uma conferência com o Rei. Está disposto a demitir-se; mas não já. Tem o decreto de dissolução nas mãos... Fala-se; cada um segundo seu interesse ou a sua informação; as preocupações diárias são abandonadas; a imprensa, no meio de tudo, conjecturando, falsificando boatos, criando comentários de expectativas fantásticas, cercando com a reportagem os Ministros e os próximos ministeriais, revolvendo e perturbando ainda mais a desordem da curiosidade geral e da ignorância do que vai pelo alto, que a peste dos noveleiros, não podendo sondar, improvisam e emitem como realidade.

Todos estes dias de começo de trabalhos parlamentares têm decorrido nesta efervescência estéril e irritante.

Nada se adianta de tudo isso, sob o ponto de vista político. Aquele, porém, que se der ao trabalho de estudar a hidrografia das águas turvas, tem muito que aprender, sob o ponto de vista moral. Toda a tempestade é uma disputa de cobiças e apetites, qual mais incontinente e ávido.

No meio da ansiedade das ruas, o que mais se alvoroça é o pânico do emprego público.

Os convivas da mesa orçamentária entreolham-se pálidos, como se soubessem que vai estourar uma bomba sob as iguarias. Os esfaimados excluídos, à porta do banquete, arregalam os olhos, esperando que tudo voe para ver se lhes toca um pedaço perdido da explosão, ou se os abancados fogem de medo e lhes entregam os lugares. Este segundo grupo constitui outro aspecto de ansiedade pública. Há, ainda, os ódios acumulados contra o poder; as ambições de domínio, que de tudo fazem degrau para subir; as dedicações, que, às vezes, o poder constituído encontra na má hora e que por ele se debatem a todo transe; e, menos notavelmente, a luta dos que se arreceiam por sistemas das renovações, com os amigos de sensação diferente, que querem as reformas sempre, para pior, ou para melhor, sempre, contando que sejam mudança.

O mais feio, na agitação da época, é o pujante ressentimento da solução generosa do problema do elemento servil. Debaixo das bem aproveitadas indignações contra os indiscutíveis Loios, há, infelizmente, muita cólera de capitão de navio negreiro, que se viu forçado a entregar a carga ao cruzeiro inglês, e a tormenta que se desencadeia, mais terrível agora do que nunca, contra o governo em apuros no parlamento, é a reação que não teve coragem de se revelar totalmente no dia 14 de maio do ano passado. Basta notar que, à frente dela, está a mesma imprensa que, naquela ocasião, chamava, tal qual agora, conquanto desacompanhada e única no grito.

Se, ao menos, um homem, um nome, um grupo de partido se evidenciasse, para o qual nos pudéssemos voltar no meio da anarquia... Mas quem é que temos para fazer o que não tem feito o Sr. João Alfredo? Quem é que se aponta? O Sr. Paulino, com a indenização? O Sr. Afonso Celso com a reação monárquica da *Tribuna*? O Sr. Saraiva com a *Revista dos Dois Mundos?* O Sr. Dantas, com o Príncipe D. Pedro e o *Diário de Notícias?* Vamos, então, substituir dificuldades por dificuldades um governo impossível por outro impossível governo?

A atualidade é muito grave. E infelizmente a calma dos mais notáveis encaminhadores de opinião pode avaliar pelo tenebroso artigo de fundo em que o respeitável Conselheiro Rui Barbosa falou da *Guarda Negra,* e anunciou a próxima comemoração do Treze de Maio como um dia de projetado morticínio, em que devem ser massacrados fatalmente o Dr. Barata Ribeiro e outros cidadãos conspícuos, em grande número, a julgar pela lista que o informante do jornalista... não ouviu.

O que se pode depreender de tanta hostilidade contra o presente, sem a representação compensadora de melhor dia para amanhã, é que os partidos são unânimes em guerrear alguma coisa mais do que o Ministério João Alfredo... E entristece meditar esta evolução galopante de todos os partidos, para uma transformação que lhes parecera loucura, antes do grande ato de Maio.

Diário de Minas, 12 de maio de 1889.

NO DOMINGO

No domingo, abriram-se à visitação do Público as portas do Hospício de Pedro II. A afluência foi considerável como em todas as visitas de hospitais, espetáculos do sofrimento a que o povo transporta a sua curiosidade, com uma pontinha de ânimo perverso, que vem do circo romano, no caráter latino.

A propósito, um incidente ocorrido no Hospício que se atribui ao Conselheiro Ferreira Viana. Ia passando, quando um dos recolhidos do estabelecimento acercou-se e interpelou:

— Poder-me-á dizer, o Sr., quantas pessoas de juízo conta a capital?

— É difícil computar assim de improviso a proporção...

— Cento e sessenta e nove, disse o recolhido. São as que moram nesta casa...

— Cento e sessenta e nove... repetiu o Conselheiro, disfarçando a surpresa. Mas as mulheres?... Exclui?...

— As mulheres são doudas aqui e lá fora!

Diário de Minas, 19 de maio de 1889.

NO TEATRO NACIONAL

"*N*o teatro nacional", diz o autor do *Anuário biográfico,* tratando de João Caetano dos Santos, "ninguém pode disputar-lhes a glória de gênio, filho de miraculosa natureza: foi um prodígio; infelizmente, porém, não deixou escola nem discípulos."

O vulto de João Caetano que para os moços mal se destaca na história com a lividez fixa da estátua de gesso da entrada do Conservatório, com o seu gesto inacabável de tragédia imóvel e a pasmaceira inexpressiva de uma vulgar figura de vestíbulo, é para os velhos uma idealização tempestuosa mesclada de esgares épicos, de brados de paixão, de relâmpagos de olhar, de estremecimentos leoninos de cabeleira, e todo um curso de esgrima dramático de pernas e braços, segundo o gosto clássico.

Os velhos veneram esta lembrança como a tradição sagrada do nosso teatro. Rossi e Salvini vieram depois, dizem eles, e deram razão a João Caetano.

Os moços devem aceitar em globo este respeito dos velhos à memória do ilustre ator.

Há, é verdade, na biografia de João Caetano, uma coisa que prova contra ele. Fala-se muito em inveja.

A inveja, afinal de contas, não é tão feia como se pinta. Tal qual os escrivães, que vivem dos enganos, a inveja vive dos senões. É a indústria dos desafetos. Parte de um princípio suspeito, que é a prevenção para achar mau. Mas, achar o mau é ao mesmo tempo excluí-lo; excluí-lo é realçar vivamente o que há de bom. A inveja é um reativo ácido e corrosivo, que tem a vantagem de pôr em prova. E o merecimento acima de dúvida pode sofrê-la sem se doer dela, sem lhe passar recibo da agressão.

Os apologistas de João Caetano comprometem um pouco o seu amigo, odiando tanto essa útil adversária.

Pode bem ser até que não precisassem ir muito longe os tais invejosos para ter por onde pegar, na reputação artística de um homem que se afirma ter sido completamente ignorante e filho da pura intuição, quando é sabido que o cultivo dos dons naturais é a primeira exigência da perfeição.

Nada se aproveita, porém, de muito averiguar. Que lucramos nós em estragar o passado?

A análise não o pode visitar corretamente; para que entrara por ele com desrespeito?

A literatura antiga critica-se. E assim mesmo há sempre a ressalva das épocas. Critica-se e responsabiliza-se; porque, enfim, é coisa que fica. A vibração eternizada na escrita tem de nos impressionar para que a julguemos legítima. A arte dramática, diversamente, vive um momento a vida de um eco de sala, quando muito a vida de um aplauso de palmas. Temos que respeitar as impressões dos antigos como eles no-las transmitem, único veículo do testemunho.

Se é um dever de critério subscrever o entusiasmo de Joaquim Manuel de Macedo pelo artista lendário da *Gargalhada* e do *Kean,* quanto ao seu "infelizmente, não deixou escola nem discípulos" há contestação.

Escola... como poderia deixá-la quem nunca a teve? Educado na espontaneidade em desalinho do improviso, só a escola do improviso, quer dizer, da não escola, poderia ele instituir com a sua lição.

Discípulos desta escola *sui generis* do talento livre, ele deixou alguns.

Aí está o Vasques, que o tem sabido ser como nenhum. Digno do mestre porque não o copia, digno pelo seu grande talento, digno pelo aturado culto de amor e veneração que dedica à ilustre memória.

Há alguns anos, então, fez-se tão bravamente militante na sua religião de discípulo, que dá para fazer ciúmes a muita imortalidade esquecida no Panteon das glórias-pátrias.

O Vasques reclama tenazmente a estátua do grande brasileiro, como uma dívida nacional.

Eis aí o que se pode dizer a justa ocasião de uma estátua.

Nunca um projeto de glorificação veio mais a caráter.

O Vasques pensa que o seu plano deve triunfar, porque, além da homenagem cívica, a estátua determinaria o centro de um comércio fecundo de emulação entre os artistas da sua classe e seria o primeiro marco da estrada da regeneração do teatro nacional.

Não sabemos se, com efeito, bastará erigir-se o monumento para que comecem aparecer-lhe em torno as vocações aproveitadas e por aproveitar e abater as asas como a infinidade de pássaros que o farol da estátua da Liberdade em Nova York atrai no fundo das trevas.

O seu intento há de triunfar pela extraordinária propriedade que o caracteriza.

Projeta-se uma estátua a um grande político. Ele foi modesto, pode-se objetar, o pobre grande homem. Ainda não há muito, andou-se por aí em embaraços, com uma estátua, só pelo fato de ser modesto o cidadão personificado no modelo. Projeta-se um monumento a um general. Este possuía insígnias de ostentação; a evidência vistosa foi a sua carreira, foi a sua glória nas batalhas. Pode-se todavia opor a observação de que é contraditório figurar-se mobilizado na pedra ou no bronze quem fez vida da agitação contínua e formidável da guerra.

Ao grande ator não.

A arte dramática é, antes de tudo, a arte da presença humana. É justamente a irmã da escultura a este respeito. É a própria escultura vivendo um momento. Há a ideia de um drama; há a palavra de um drama; mas há sobretudo o gesto de um drama. A cena é uma pantomima, primeiro que o mais. Basta que se a observe a distância de não se ouvirem as vozes.

O direito à glorificação por estátuas podia ser um privilégio dos atores. Eles viveram a forma, viveram a atitude, viveram a presença. Copiar-lhes a presença em bronze é simplesmente corresponder à grande aspiração do seu gênio – destacar a grandeza da atitude humana, que foi o ideal de sua arte.

Nada se tem de forçar para exibi-los em pedestal. Perpetuá-los em bronze é só isto prolongar mais uma cena.

Transcrevemos ainda o *Anuário biográfico:*

> ... olhos onde irradiavam todas as paixões imagináveis formosa boca, dentes alvejantes, iguais e lindos, corpo perfeitamente talhado e elegante... mímica expressiva, músculos faciais móveis, convulsos à mercê da vontade...

Colher assim o tipo de João Caetano, em todo o entusiasmo dos seus contemporâneos, tal qual o viram, tal qual o amaram, belo homem superior, no melhor gesto de uma grande alma na ressurreição para o cinzel da escultura!

De todos quantos têm proposto estátuas entre nós ninguém teve mais razão que o Vasques!

Jornal do Comércio, 1º de setembro de 1889.

TENHAM A BONDADE

*T*enham a bondade os dignos leitores de adiar a sua emoção, se a tinham engatilhada.

Não lhes manda o patético das barbas brancas do Imperador, como talvez esperavam. Que diabo! É preciso que se conserve alguém a sangue-frio, neste dia de histerismo, que não sei até onde irá. Não, meus senhores! Garanto-lhes que não estou comovido. Digo mais: não há ninguém comovido por aqui, com esta grande causa trágica de que tanto se tem falado. Ninguém! E este historismo bulhento de sensibilização, que por aí guincha, que por aí se estorce, como um caso coletivo de especialidade do Dr. Teixeira Brandão, não passa ele mesmo de uma colossal comédia de gatimanhas e caretas.

As visitas de felicitação a S. M. por ter escapado!...

Realmente, que magnífico fundo de ópera cômica: uma montanha verde, a Tijuca, um rei no cume, repimpado, com uma esfera na mão esquerda, um cetro na direita, como um personagem de baralho e, pelas duas bandas, subindo e descendo, como os alcatruzes de uma nora, uma enfiada de corações de súditos fiéis subindo e descendo, dentro de casacas, levando muitas comendas e o voto pungido e lacrimejado do júbilo, pela venturosa escapula de Sua Majestade, ao golpe de um regicídio que todos sabem que nunca houve, pela salvação providencial de uma tentativa nunca tentada, de um delito atroz nunca pensado, trazendo a grata convicção de que

Sua Majestade fica informado, para a primeira distribuição de graças, de que ainda existe quem o ame.

E o infeliz monarca, forçado, pela sua condição de constitucionalmente indefeso, forçado a engolir o gigantesco *Te Deum* de fingimento.

Te Deum... não se fale muito, que ainda nos sai o Sr. de Santa Fé, de meio das suas camisolas roxas, a estender os gatázios com uma desmesurada bênção, sobre a solene revelação da Providência ali diante da *Maison moderne* e do bodegão famoso da *marcapá*.

Que último caiporismo estava reservado ao Sr. D. Pedro II, neste período caipora do seu reinado. O homem mais sério, o soberano mais grave, o cidadão que, à parte a fraqueza de uns maus sonetos, mais tem sabido manter o aprumo da respeitabilidade, neste país, coagido agora, pela molesta exuberância de zelo dos seus pretendidos amigos, a fazer de centro, no mais afetado, no mais mal ensaiado entremez em que se poderia meter um rei.

Escapou, oh ditoso senhor! Escapou ao projétil regicida de Adriano – o monstro (versão Figueiredo Magalhães)!

O pobre monstro é uma criança imberbe, que vinha polvoroso de ouvir a "A marselhesa", cantada pelos franceses do Teatro Lucinda, que bebeu dois copos de absinto, num restaurante, irresponsável duas vezes, pela pouca idade e pela embriaguez, que, estimulado por uma aposta de estúpida pilhéria de alguns companheiros de pândega, correu à porta da casa onde bebia, e disparou às tontas um tiro para a rua, passado já o último cavalo do piquete da guarda do Imperador que voltava de um espetáculo do *Sant'Alta*.

Mas, quem ousa dizer a sério que houve um regicida, que possa haver um regicida, que entre nós?

Perdão. Há quem tivesse sonhado este negro sonho, isso creio; e depois de 13 de Maio: algum interessado urso, em contas-correntes de pobres fazendeiros azafamados e oprimidos, algum calculista férreo de pechinchas de hipoteca, algum desses corações duros como uma bolsa cheia, ásperos como a serrilha das moedas, metalizados no egoísmo frio do deve e haver, desumanizados na convivência das grandes ambições do ouro. Algum destes lamentou talvez no íntimo que a bala douda de Adriano do Vale não tivesse tido, para ser mais certa, um pouco mais de política e um pouco menos de absinto na projeção inicial.

Diário de Minas, 21 de julho de 1889.

FESTEJOU-SE O 7 DE SETEMBRO

*F*estejou-se o 7 de Setembro, com a assistência dos brilhantes oficiais da Guarda Nacional.

Desfilaram pela madrugada os préstitos comemorativos do Rodo; depois, houve a exibição em marcha dos batalhões escolares da meninada das aulas municipais, com as suas lindas fardetas de brim branco e, desta vez, a novidade de um pequenino oficial a cavalo, tão desenvolto, na sua atitude equestre, como galhardos companheirinhos de infantaria; passaram as meninas das escolas públicas, debaixo de uma festa de bandeirolas auriverdes; realizou-se imponente na Câmara Municipal a sessão da Comemorativa da Independência, onde o Príncipe D. Pedro, na qualidade de Presidente, pronunciou um discurso que, sem sombra de turiferação áulica, se pode dizer que faz honra aos seus créditos de moço de talento; realizou-se uma sessão solene do corpo coletivo União Operária, que teve de extraordinário que Carlos Gomes assumiu a regência de uma banda concertante de 130 figuras e fez ouvir a *ouverture* d'*O guarani*, com imenso entusiasmo da sala inteira do Teatro São Pedro de Alcântara; não se falou, todavia, senão do aparecimento da jovem oficialidade da guarda e juventude: e os velhos, os poucos velhos de idade, remoçaram-se para a presença disciplinar do garbo.

Não foi um sucesso de felicidade, é preciso registrar.

Havia tanto tempo que a população do Rio de Janeiro ouvia celebrar essa coisa semifantástica, esse exército de sombras, sob o comando dos mais pacatos tenentes-coronéis que a tranquilidade bucólica da vida agrícola pode *desaguerrir*, tanto tempo havia que se criara e radicara o hábito popular de achar graça na tradição, de uns famosos milicianos de pés cambados e bichelentos, de dorso abaulado em mochila natural, pela curvatura opressiva e deformante do rosto da terra, de barretinas a devorar as orelhas, tombadas para os olhos, estateladas para a nuca, que, em tempo afastadíssimo, pelas aldeias do Império, formavam, manobravam, davam-se em triste espetáculo, por efeito da mais cruel e da mais sarcástica das imposições da perversidade caricatural do dever cívico; tão estranhamente recomendada vinha, do passado, a instituição ultimamente relembrada pelo governo, que o povo, ardendo curioso por vê-la em viva farda, no meio da realidade presente, indiscutível, atual, da vida da cidade, não pode vê-la a sério.

No dia 7 de Setembro, apresentaram-se em público alguns bonitos rapagões, audaciosamente aprumados, sob um figurino que sem o vermelho excessivo das *bonets* e dos elmos redondos, seria o mais grave e o mais discreto dos fardamentos.

A representação não correspondia em nada à expectativa das imaginações, construída sobre o desenho das ironias antigas. Em vez do bando de orangos palermas empenachados, com que se contava, para as barrigadas de riso, apareciam, como exemplares da ressurgida guarda, esses guapos mancebos, escolhidos a dedo para afrontar vantajosamente a perseguição da curiosidade pública.

O ânimo de escarnecer, porém, tanto se acumulara, com o tempo, que, nem a modéstia do fardamento, nem a distinção pessoal dos fardados de novo uniforme, pode impedir o acolhimento de má vontade irônica, com que foi recebido este primeiro ato de presença da Guarda Nacional.

Devia, também, ter influído para isso a repugnância que inspira essa instituição ao povo, ameaçado pela obrigação de um serviço sem utilidade, a antipatia natural por esse trambolho de espadagão recurvo, que aí vem para atrapalhar mais as pernas, já de si tão embaraçadas, da vida prática.

Diário de Minas, 15 de setembro de 1889.

AS NOVIDADES

As novidades criminais ou policiais, como melhor seriam chamadas, não são assim atrozes; são muito ao contrário as mais alegres que é possível.

O Padre Galdi, detido pela polícia, por efeito da acusação de um crime de que se não pode dar ideia decentemente, foi posto em liberdade, porque o juiz que o processava reconheceu que não havia provas do que afirmavam.

Em fins da última semana, o Rio de Janeiro foi surpreendido pela notícia de que um gatuno habilíssimo modificara a declaração de quantia de uma letra do Banco do Brasil, conseguindo por esse meio apossar-se de sessenta e nove contos. Verificou-se, após, que o mesmo expediente tinha rendido ao mesmo finório, em outras letras, outras quantias, somando um prejuízo de mais de 150 contos para o Banco. O pagador Barroso foi preso por prevenção; foi preso também o lendário Lima e Silva, o *Bilontra,* celebrado na revista teatral desse nome.

Acabam de reconhecer, tal qual com o Padre Galdi, que os dois detentos são puros inocentes. E o pagador e o *Bilontra* foram postos em liberdade.

Estavam sujeitos à pressão de um inquérito os escritórios de *bookmakers* para os quais não sei que imputações tenham chamado a atenção do Dr. Basson, Chefe de Polícia.

Concluiu-se o exame policial pela verificação de que são corretíssimas as transações realizadas nos escritórios.

Tudo uma festa de anistia, ou um jubileu de justiça. Quem nos dera que a mesma vontade de abrir prisões favorecesse o pobre Adriano do Vale, cuja inocência tem sido tão energicamente provada, além do que a consciência pública precisava, e que, apesar dos pesares, está pagando ainda, em injusta detenção, o delito de parecer regicida.

Diário de Minas, 22 de setembro de 1889.

AVALIE-SE O EFEITO

Avalie-se o efeito em toda a cidade da notícia que correu, na manhã do dia 15, de que o Exército em peso, unido à Marinha, ao Corpo de Polícia Municipal, ao Corpo dos Bombeiros, passeava pelas ruas centrais revolucionando e aclamando a República.

– Mataram o Ladário; prenderam os outros Ministros! – era a voz que corria nos arrabaldes.

A população afluiu para o centro do grande movimento; e soube-se que um boato de que iam ter ordem de prisão alguns respeitados chefes militares pusera a tropa na rua, que um corpo de exército, vindo de São Cristóvão, se postara diante do quartel-general, no Campo de Santana, sob o comando do General Deodoro da Fonseca, e intimara a entregar-se preso o Ministério que a esse quartel viera muito cedo, informado dos primeiros sucessos, e com o deliberado propósito de fazer frente à sedição; soube-se que fora ferido, somente ferido, o ex-Ministro da Marinha, último a chegar dos membros do governo e que resistira à intimação de prisão dos revolucionados, fazendo fogo com um revólver; soube-se que o motim militar se fizera revolução, com o pronunciamento de solidariedade das tropas que o governo tinha consigo no quartel-general e com que contava para impor a sua autoridade; soube-se, finalmente, que não se tratava mais de demitir um governo, mas a própria coroa, que, com a enfermidade reconhecida do monarca, só estava servindo para cobrir ditaduras diversas, sem responsabilidade de ditadores.

A decisão do elemento militar alvoroçou imediatamente o povo e assistiu-se, então, ao mais belo momento da jornada revolucionária – a confraternização ardente dos paisanos.

A tropa foi saudada como se chegasse triunfante de uma terrível campanha.

O povo, primeiro assombrado pela novidade do que presenciava, percebeu, de súbito, que aqueles homens armados que passavam em meia desordem vinham de transpor um passo formidável de dificuldades morais; tinham realizado o prodígio de voltar a disciplina contra o poder constituído, sem prejuízo da disciplina, e unidos como outrora nos campos da guerra, unidos na solidariedade absoluta de um só entusiasmo, tinham vencido num arrojo delirante de patriotismo, um abismo, junto do qual hesitava, havia não sei quanto tempo, a nação brasileira.

O centro da cidade oferecia nessa ocasião um duplo aspecto, curioso de observar-se, para quem quiser compreender os movimentos do povo brasileiro, que a constituição centralizada do espírito nacional faz que seja a mesma coisa que o povo fluminense. Nas ruas, o delírio do verdadeiro povo, capaz de todo o patriotismo, soldados, a mocidade, e os populares propriamente ditos; no alto das sacadas, enchendo em massa o vão das janelas, excluídas da animação geral, depois de haver solidamente trancado a ferro a porta dos seus negócios, a burguesia fluminense de todas as gradações da fortuna, com os seus bons quatro terços de população estrangeira, mirando abaixo as ruas, com um arzinho de desdém medroso, oferecendo à revolução o mal-arranjado protesto de uma indiferença pálida.

A princípio, pensou-se que aquilo era o acabamento do mundo, que a tarde ia ser dedicada ao morticínio e ao saque, que a República, em todo o seu horror de espectro vermelho das imaginações timoratas, ia passar durante a noite, o cortejo de todos os crimes, em dando derradeira cópia de si, lá pela madrugada, o espetáculo nerônico de um incêndio de toda a cidade.

Veio, porém, no mesmo dia 15, um pregão do General Deodoro, pronunciado solenemente pelas esquinas, por um oficial de cavalaria, anunciando que seria morto quem tentasse qualquer violência contra a vida ou contra a propriedade dos cidadãos; veio, no dia seguinte, com o decreto da Proclamação da República que se não sabia a certo, na véspera, se era coisa resolvida; veio o manifesto do Governo Provisório, aquela soberba peça oficial, que é uma obra-prima de energia e de elevação moral, conhecida agora em quase todo o país; vieram as providências inteligentes, resolutas e concebidas com uma superioridade de vista admirável do Governo Provisório, que parecia nascido do tumulto, do acaso da necessidade, e que se vai revelando o mais esclarecido e o mais forte centro de governação que nos tem dirigido... E, no momento presente, diante da calma absoluta da cidade, cuja vida normal garantem maravilhosamente sentinelas policiais armadas de *Comblains,* já ninguém parece, dos que não se acham diretamente envolvidos no acontecimento, que, há seis dias apenas sofreu o Brasil a mais perigosa das suas revoluções.

O Farol, 26 de setembro de 1889.

A SACRA FOME

A sacra fome do ouro continuou a ser a grande agitação da vida da cidade.

Na segunda-feira ainda, quando mal era passado o ditirambo financeiro da procura de ações do novo Banco Nacional do Brasil, o Rio de Janeiro foi testemunha de uma festa verdadeiramente fantástica de entusiasmo pecuniário, que só a magia do crédito, que promete fazer dinheiro de coisa nenhuma, de combinação com a avidez de ganho, que conta de quase nada extrair milhões, podia, tal qual se viu, ocasionar.

As portas do Banco de Crédito Real do Brasil, em cujo escritório se devia fazer a subscrição dos acionistas convocados a *construir* o capital do *Banco Construtor,* de invenção do Sr. Mairink, a multidão dos concorrentes aglomerou-se. O edifício foi invadido por um verdadeiro assalto de portadores de dinheiro, delirando por obter o seu bilhete de esperanças sobre o futuro da instituição.

Como o recinto do escritório não era suficiente para acomodar os que conseguiam entrar, houve, na sala do Banco de Crédito, cenas de estrangulação, de esmagamento, de sufocação, de asfixia, cujo compacto e comprimidíssimo horror pode imaginar quem viu as gravuras das ilustrações europeias, representando o *Ring-Theater* de Viena, depois da famosa catástrofe de há alguns anos.

Como não havia facilidade para entrar no edifício, houve na Rua Direita um verdadeiro combate de prioridade, que começou de todos quererem ser o primeiro a passar à ventura morrer sufocado em cima, na sala do escritório e resolveu-se por um rolo em regra, de murros e bengaladas, tal qual nunca pensaram os incorporadores do Banco que, por honra da confiança comercial que justamente merecem, algum admirador promovesse.

******

A crônica romanesca teve a sua contribuição razoável esta semana: diversos suicídios e um duelo.

Os suicídios já não merecem, entre nós, as honras de coisa extraordinária. Se a energia de matar-se é uma prova de vigor moral, o Rio de Janeiro está na primeira plana, como um centro social de convivência de fortes; se é um desvairamento de almas degeneradas, não haverá muitas capitais que lhe possam pedir meças, nesta questão de parecer um desdobramento trágico de hospício.

Temos suicídio quotidianamente, de todas as formas, por todos os motivos.

O mais curioso desta semana foi o de um padre espanhol, que se matou de ciúmes por uma mulher de amor *dis perso,* do Largo do Rocio... Que esperava o infeliz, desta insana ambição de se trancar, no exclusivo gozo de um coração tão escancaradamente aberto?

O duelo que tivemos foi o de Pardal Mallet com Olavo Bilac, um jornalista e um poeta, jornalista também.

Por profissão dos adversários, vê-se que, apesar do esforço de alguns para introduzir nos costumes nacionais este exotismo de capa e espada, o duelo ainda não conseguiu fazer carreira fora da roda em que teve aceitação.

Outra circunstância deste acontecimento demonstra que o duelo, não somente, está adstrito à fração da sociedade que iniciou aqui a sua prática, como, entre os seus próprios introdutores, vai perdendo opinião. Os dois adversários do recente combate singular tiveram dificuldade em achar testemunhas... (Apareceu nas atas publicadas a razão, sensivelmente inaproveitável, de que a polícia perseguindo-as obrigou as que foram custosamente arranjadas à involuntária desistência do honroso encargo) vendo-se afinal forçados a prescindir da formalidade consagrada, e adotar a inovação de cruzar o ferro, fiscalizados apenas pela mútua lealdade.

Este desagradável incidente, resultado de um vivo desacordo entre Mallet e Olavo Bilac, travou-se, felizmente, sem desastroso termo, saindo apenas Mallet com um leve ferimento do lado esquerdo do abdômen.

Enquanto os dois escritores, pura flor da cultura social, davam-se à fantasia de visitar, em rápida ida e volta, selvageria medieval do *juízo de Deus* (razão primeira dos duelos e a única legítima), recebeu a cidade a visita de oito selvagens de Goiás, que quiseram provar um pouquinho de atmosfera do mundo civilizado.

Em lembrança de sua estada nesta Corte pediram ao Sr. Lourenço de Albuquerque fardas e penachos, que levassem a deslumbrar os seus irmãos e atraí-los da vida bárbara dos bosques.

O governo, que sabe o que vale um penacho, como recurso de catequese, foi logo acedendo ao pedido dos índios. E teve, por isso, justos aplausos.

Espera-se, todavia, que o Comendador Malvino Reis proteste contra a concessão ministerial, para varrer da sua testada qualquer epigrama que por ventura ressalte desta facilidade de fardas sobre os seus galões de Guarda Nacional.

Diário de Minas, 29 de setembro de 1889.

QUANDO FOREM LIDAS

Quando forem lidas estas linhas, não será mais que uma recordação o baile da Ilha Fiscal.

Dizem que o melhor das festas é esperar por elas. Parece que não; que muito mais agradável do que imaginar o que elas hão de ser, é recordar o que elas foram.

Antes das festas, a ansiedade é quase uma apreensão. O prazer, destinado a divertir, começa por preocupar. E só a incerteza do que a coisa nos pode trazer, de regozijo, ou de decepção, estraga a expectativa toda como um pequeno desgosto.

Durante as festas, o prazer não é lá grande coisa também. As impressões muito de perto, muito atuais, muito grosseiras de realidade presente, não dão de si toda a ideia.

É depois, passado o atropelo do fato, que o prazer se nos representa completo à imaginação, como os perfumes que melhor se revelam pela última evaporação. Passada a festa, as impressões que ficam coordenam-se segundo a vivacidade maior ou menor de cada uma, instintivamente; e sem fadiga de atenção, vem o dia seguinte dar-nos a exata consciência da véspera e consumar a felicidade.

Que esplêndido dia seguinte – a lembrança do baile chileno no espírito dos que lá tiveram estado!

Um Éden de fogo, no meio das águas retintas pela escuridão da noite.

Entre essa estranha ilha e o continente, um torvelinho de mil luzes em vaivém, com um barulho de gente invisível dos convidados que chegam ou dos que voltam, e os gritos dos marinheiros, à proa das lanchas, dos escaleres, prevenindo os abalroamentos. A terra firme, ao longe, é um horizonte de lanternas. Para o céu profundo e negro, as projeções da luz elétrica movem-se como o bracejamento doido de imensas asas fantásticas de um moinho, ou como os manejos de espada de um fabuloso troféu de aço animado. De repente, na direção de um destes golpes do raio elétrico, desenha-se a forma vacilante de um vaso de guerra ancorado nas trevas, que surge rútilo num momento como se fosse blindado de prata.

Do âmago da escuridão, por todos os lados, ao redor da Ilha rebentam focos brancos de deslumbramento solar, apoiados não se sabe onde, soltos no espaço, como astros rasteiros, que desceram do céu nublado para espiar o baile.

Na difusão de todas essas luzes sobre o espelhamento das águas, o Edifício da Ilha Fiscal aparece mais luminoso, flamejando como um espantoso brolote. Do coração desse incêndio – maravilhosas chamas que ardem cantando – tumultuam turbilhões de música, que vão ecoar no continente, que se vão perder nas enseadas do litoral remoto, como a dispersão de uma tempestade.

Neste prodigioso centro, quantas outras recordações! As luzes, os rumores, o movimento exterior, cingem no espírito quadro das infinitas sensações de um baile. O clangor das músicas, vibrando ainda, no ouvido, revive os pares da véspera, que dançam outra vez; revolve-os na espiral de um compasso; levanta-os da terra um bailado aéreo de visões. Os elegantes, que conversam, passeando a mimosa dama, parecem elevar-se com o assunto que os entretêm e fogem num rapto de sonho.

Ao ressoar da música não somente os elegantes vaporizam-se na elegância, e as valsas rodopiam em flutuação de ciclose; a decoração do palácio marítimo desprende-se; constrói-se no espaço, e dança também com os seus festões de rosas, com os seus escudos, com os seus troféus de âncoras, com os seus relâmpagos de espelho, com as imensas caudas de reposteiros e cortinas, como o trêmulo edifício dos sons que rodasse.

É o quadro todo da noite anterior revisto mais esplendorosamente na alucinação da memória.

Jornal do Comércio, 10 de novembro de 1889.

TENHO APENAS TEMPO

*T*enho apenas tempo de arranjar uma nota do dia, rascunhada sobre o joelho, num rápido intervalo da vertigem dos acontecimentos que constituem hoje, 15 de Novembro, a *Vida na Corte*.

Na Corte, se nos é permitido ainda designar com esta denominação monárquica a capital da pátria brasileira.

Como aos leitores devem ter informado, quando se publicar esta nota, os telegramas desta folha e a leitura ávida das folhas do Rio de Janeiro, o elemento militar, unido em formidável movimento de solidariedade, derribou o Ministério Afonso Celso.

O aspecto da cidade, na manhã de hoje, foi o mais extraordinário e imponente, que se pudera imaginar.

Depois de intimarem ao governo a retirada do poder, as tropas desfilaram pela cidade em marcha triunfal.

É indescritível o entusiasmo das praças no delírio da vitória recente.

Nas fileiras, da infantaria, sobre o galope irrefreável dos bravos ginetes da cavalaria, de cima dos bancos das carretas da artilharia carregadas de caixas de munições, os soldados esqueciam-se da correção da disciplina para expandir-se em vivas à nação brasileira, em saudações calorosas ao povo.

As ruas centrais encheram-se de multidão, atraída pelos boatos que rápidos correram por toda a cidade.

A multidão, fraternizando com a força pública, enchia o espaço com o rumor de estrondosas aclamações.

Depois do passeio, em que impressionou profundamente a união de todos os corpos militares da cidade, cavalaria de lanceiros, cavalaria de carabineiros, artilharia montada, todos os batalhões de infantaria e artilharia, escolas militares, imperiais marinheiros, fuzileiros navais, até o corpo de polícia da Corte, oitocentas praças que foram mandadas contra o General Deodoro e que se entregaram ao comando da sua espada, os soldados recolheram aos quartéis na maior ordem.

Depois da poderosa exibição guerreira das marchas da manhã, aquela festa de entusiasmo de homens robustos fardados de negro, sacudindo ao sol o brilho das espadas e das baionetas, através de um tumulto de carros de artilharia sobre o calçamento e toques de clarins e alvoroçados clamores, foi notável o grande dia de sossego que se seguiu na cidade.

Não há notícia de menor desordem.

Os diretores do movimento revolucionário reunidos em casa do General Deodoro no Campo de Santana, em duas longas conferências, deliberaram a respeito da constituição do Governo Provisório e das primeiras medidas de garantia da segurança pública. Durante essas conferências, circulavam pela cidade as graves notícias das resoluções da comissão de salvação pública, naturalmente firmada pelos valentes iniciadores da revolução, como a prisão do ex- -Presidente do Conselho, prisão do Sr. Cândido de Oliveira, detenção em um dos portos do Sul do Sr. Silveira Martins, de viagem para esta cidade; constava ao mesmo tempo o sobressalto do Imperador, da Princesa Imperial, a recusa do convite endereçado ao General Deodoro pelo Imperador por intermédio dos Srs. Correia e Dantas, para apresentar-se à conferência. Apesar da gravidade da situação, do caráter excepcional das notícias e dos boatos, a fisionomia geral da cidade é a do completo repouso e da absoluta paz.

Às onze e meia da noite, à porta do *Diário de Notícias,* foi afixado o boletim com a lista dos Ministros do Governo Provisório.

Circunstância interessante: nessa hora, o sossego público, assegurado pela distribuição de rigorosa polícia organizada pela revolução vitoriosa, o sossego público era tão perfeito que não houve quase povo para tomar conhecimento da grande notícia.

O Farol, 19 de novembro de 1889.

PARA OS AMIGOS

Para os amigos das vivas impressões, a revolução do dia 15, apesar de não ter sido sangrenta, não tem sido escassa de consideráveis atrativos.

No dia 15, vivemos um grande dia histórico, uma repetição do 7 de Abril, no mesmo Campo de Santana, com o mesmo elemento militar em ação. De manhã, a notícia vaga da revolta, o terror ignorado, o desencontro doudo dos boatos, a incerteza do que seriam as horas seguintes, o entusiasmo pela audácia do General Deodoro, pelo heroísmo cego do Barão do Ladário. Em seguida, a passagem das tropas, em delírio depois do rasgo de energia em que acabavam de tomar parte, aquela fabulosa parada de alguns milhares de homens, armados e municiados como para uma terrível batalha. Acabavam de vencer e pareciam buscar ainda o inimigo: adivinhavam a responsabilidade das suas espadas e das suas baionetas e atravessavam as ruas em meio do rumor dos cavalos, dos clarins, da artilharia rodando como em uma atrevida avançada para o futuro. Desfeita a emoção profunda desse espetáculo, que a população pacífica contemplava com espanto, enchendo as sacadas das ruas por onde desfilavam os soldados, veio a ansiedade da dúvida a respeito do regime que nos governava. D. Pedro II reinava em Petrópolis com sua augusta família; no Campo de Santana, entretanto, funcionava já o Governo Provisório sob a ditadura do Marechal Deodoro. Os diplomatas perguntavam pelo Brasil oficial, nas redações dos jornais. A cidade, possuída de susto, ficou deserta, com exceção da Rua do Ouvidor, onde se concentrou toda a avidez do povo por informações. Fora esse ponto, encontravam-se quase somente os soldados licenciados da parada, que se retiravam para os quartéis, com as armas ameaçadoras da revolução. À tarde, sabe-se que fora proclamada a República, na Câmara Municipal, e apresentada pelo povo uma moção ao Governo Provisório, que aceitou em consideração. Um pregão ditatorial de extraordinária energia é recitado pelas esquinas, ameaçando punir de morte a mínima tentativa contra a propriedade, ou contra a vida do cidadão. À noite, consumam-se as surpresas, com a distribuição de uma guarda policial de sentinelas de patrona carregada e severas *Comblains,* que vem dar ao Rio de Janeiro, centro e arrebaldes, o aspecto geral de um vasto alerta. Estava constituída a República.

No dia 16, isolou-se o Paço da Cidade, aonde haviam chegado o Sr. D. Pedro II e os Príncipes. Novas impressões. Qual seria o destino do ex-Imperador? Quando partiria? As primeiras notícias do efeito do movimento nas províncias, as notícias do Barão de Ladário melhor dos ferimentos, do Visconde de Ouro Preto preso, do Sr. Cândido de Oliveira desaparecido, qual o teor da mensagem do governo ao ex-Imperador, convidando-o a deixar o Brasil, o esforço vão dos grandes do Império, que desejavam penetrar no Paço, mil assuntos animaram a efervescência do espírito público.

Ao terceiro dia, depois da revolução, soube-se que o Sr. D. Pedro II embarcara durante a noite; a suspensão inquieta dos ânimos repousou, como convencida de que se criara um estado de coisas definitivas; o comércio abriu as portas, a circulação da vida comum recomeçou. Não cessou todavia a agitação; o entusiasmo da vitória republicana tornou-se o sentimento dominante e vieram os seus resultados patrióticos, as adesões das corporações populares e oficiais, a criação dos batalhões da mocidade, a generosa ideia do pagamento da dívida externa, por esforço particular dos cidadãos, como a França pagou a sua indenização de guerra depois de 1870.

Por todos estes dias últimos vai a vida fluminense com uma exacerbação moral como nunca, em tempo algum, se observou enquanto se assiste à propagação rápida da reforma política por todo o país, e se observa a alegria das Nações Americanas e a surpresa da Europa ao redor da inesperada revolução brasileira.

******

Felizmente, no meio de tantas emergências, em vertiginosa sucessão, nem um só dos lamentáveis acidentes que desgraçam as evoluções aceleradas do progresso dos povos. Nenhuma imprudência da pane do povo, nenhum excesso da parte do poder.

Parece incrível que tenhamos vencido uma transição histórica da natureza das que têm valido as maiores catástrofes a outras nações, sem que uma só infelicidade tenha vindo obscurecer o brilho da boa estrela dos guias arrojados da vitória.

Alguns dias de agitação, simplesmente, uma triste noite misteriosa, aquela, depois da qual se soube que embarcara para a viagem do exílio o velho monarca destronado, e já podemos ver, sem susto, o escopro do canteiro destruído e escultura das armas imperiais, na fachada dos edifícios públicos, convencidos de que, para a salvação da ordem social, sobrevive aos símbolos desfeitos a alma imortal do patriotismo.

Jornal do Comércio, 24 de novembro de 1889.

COMO É ANTIGA

Como é antiga a revolução!

Já nem andam no ar os fantasmas de intriga que viveram falsificando boatos pitorescos, para enfeitar a abençoada insignificância do que acontecia.

Veio para a capital o Sr. Silveira Martins e retirou-se em paz para o seu lar, sem trazer sequer os punhos roxos, das algemas impostas pela ditadura.

E nós que chegamos a supô-lo em marcha para a sua terra, à frente da tropa que conseguira seduzir em Santa Catarina, com o intuito de encontrar aqueles batalhões, que viu em movimento um correspondente telegráfico de Montevidéu, e arregimentar, na disciplina de uma contrarrevolução, não se sabe quantos generais desgostosos do Rio Grande do Sul!

Então era uma peta a resistência do grande Estado meridional? Nem sequer esteve preso, em refém, o Sr. Visconde de Pelotas, para se trocar equitativamente pelo Sr. Silveira Martins? Em vez de o deterem, em ferros, ao Ministro da Agricultura, como se dizia que seria feito por soberba peça ao Governo Provisório, os compatriotas do mate-chimarrão festejam-no muito ao contrário, com o mais rasgado entusiasmo!

Tudo caraminholas!

Por último consolo das imaginações amigas de novidades comoventes, restava vagamente o *dizem,* murmurando com esgares teatrais, de alguns marinheiros fuzilados.

Era sempre alguma coisa, para definir o pitoresco de um quadro de revolução – a paz completa das ruas, a vida normal dos negócios, mas, no fundo, ao longe, sobre a amurada de um navio de guerra, ou sobre as canhoneiras de uma fortaleza, o fumo branco, terrível de uma descarga! Pois era ainda mentira.

Nem isso, nem o fumo branco dos fuzilamentos, a desilusão da calma realidade deixou-nos, para prolongar um pouco a sensação da era revolucionária.

Tudo, tudo passou, o que houve de fato, e o que houve de boato – para dar lugar à monotonia bonançosa dos dias, normais, indiferentes, iguais, sem data.

******

O que vai demorando um pouco a resolver-se, para um estado constituído, é a questão da bandeira. Da bandeira e do hino.

A República não se tem com efeito preocupado muito com este ponto de vista artístico.

Mais um característico, para diferençar absolutamente a revolução brasileira de quantas tem havido no mundo.

Qualquer revoluçãozinha que se prepara, a primeira coisa que arranja é uma bandeira e um hino, um emblema de cores e um emblema de sons. A do nosso país não se deu muito trabalho nesse sentido. Talvez por isso, prova da despreocupação das exterioridades, correu ela maravilhosamente.

Não há razão, todavia, para que indefinidamente tardem a vir os emblemas.

Demorar a escolha, para que sejam bons, nada aproveita. Quanto ao hino, porque, definitivamente, os hinos são bons quando são ardentes, na música e na letra, e nem música nem verso é natural que se obtenham tocantes, reclamando-os de encomenda ou para concurso.

Quanto à bandeira, porque de cores não se disputa como de gostos comuns. As cores agradam, conforme se acham em harmonia como sentimento de cada um.

O guerreiro reclamaria as cores do mesmo estandarte que conheceu em campanha, brilhante, sereno, aberto sobre o acampamento arejado, como um sorriso animador da pátria presente, ou denegrido de fumo dilacerado de balas, no mais renhido do combate, torvo, convulso, como se o próprio pano batalhasse.

O contemplador benévolo, enfastiado da disputa dos homens, reclamaria uma bandeira branca, com um ramo de oliveira no centro, um poema de paz que pudesse ser um dia de todas as nações, fundidas na política de um grande abraço de cosmopolitismo. O popular inquieto, meditador soturno de vinditas socialistas, proporia uma bandeira vermelha, que pingasse gotas de sangue em vez de borlas, que equivalesse ao grito assolador de – guerra aos que possuem! O misantropo sem sonhos nem aspirações, temperado de pessimismo trevoso, descrente do mundo e dos homens, bêbado da mirra e vinagre, de todas as filosofias do ódio à vida, regougaria o seu voto niilista por uma bandeira preta de galões amarelos, que pudesse tanto ser o símbolo da pátria, como um pano da empresa funerária.

Às voltas com a deliberação de tantos gostos e opiniões, o governo não conseguiria nunca chegar a um resultado. Agradar a alguns seria desagradar aos outros.

Se, pela regra de composição literária, o hino encomendado não deve ser ótimo; se a bandeira, seja qual for, não pode captar a simpatia unânime da multidão, o melhor alvitre era apressar o governo a adoção do hino e da bandeira, que merecessem a sua alta preferência, sem mais consulta.

Jornal do Comércio, 1º de dezembro de 1889.

A REPÚBLICA ESTÁ
DECIDIDAMENTE FIRMADA

A República está decididamente firmada, graças à direção sábia do Governo Provisório.

A moda das adesões estendeu-se pelo país inteiro, com um entusiasmo, que não fazia nenhum mal (pelo contrário, porque, nos movimentos populares, o exagero é uma confirmação muito de se levar em conta) que, não obstante, alguns jornalistas entenderam dever moderar com uma observação de sátira.

Um pouco menos entusiásticas agora, talvez pela reprimenda da imprensa, tem-se, todavia, as adesões bem extensamente para que ficasse demonstrado que toda a nação está positivamente disposta a se acomodar na nova ordem, se esta fosse apenas a realidade das suas aspirações.

A propósito, acho estranhável admirar-se que tão facilmente se adapte ao regime político da república um país que tantos anos foi governado pela forma monárquica. É preciso esquecer que o grosso de uma nação, principalmente de uma nação americana, onde não se arraigaram os preconceitos políticos e sociais da velha Europa, está sempre a favor do governo constituído, desde que ele representa a paz e a tranquilidade de que dependem os seus mais graves interesses.

Ao mesmo tempo que se propaga, pelo Brasil todo, o reconhecimento que as adesões significam, vão chegando, cada dia, do estrangeiro, as importantes notícias de que o mundo civilizado aceita-nos como aptos para a plena emancipação política da República.

Primeiro, foram os Estados da América, República Argentina, Estado Oriental, Estados Unidos da América do Norte, Chile, veio, depois, a Europa liberal, representada pela Suíça e pela França. A Europa conservadora há de chegar-se, quando vir a monarquia do Sr. D. Pedro II desembarcar no velho continente, com a pessoa do ilustre ex-monarca, e de boa ou má vontade, se convencer de que ficamos ainda sendo nação sobre a geografia universal, mesmo sem a coroa de um príncipe para fiança da nossa capacidade moral de povo.

O reconhecimento da França já tardava, como se a grande pátria de todas as liberdades, peada pela aliança com a Rússia, a que a forçam as intrigas do equilíbrio europeu, temesse não ser agradável ao absolutismo moscovita, aventurando uma precipitação de entusiasmo a favor de mais uma república proclamada na terra.

Soube-se dele ontem, com grande júbilo dos círculos da Rua do Ouvidor, por intermédio de um telegrama transatlântico, exposto em boletim, à porta dos jornais.

Para completar, na opinião pública, a segurança da nova ordem, desvanecem-se como fantasmas de sonho as perspectivas assustadoras, que boatos malévolos delineavam, afirmando que, em vários pontos da República, tentava-se resistência ao Governo Provisório. Silveira Martins conseguiu seduzir a tropa em Santa Catarina, diziam, e marcha por terra para o Rio Grande.

Da fronteira do Uruguai, marcham sobre Porto Alegre dois batalhões conduzidos por alguns oficiais revoltados. Fizeram o arrojo de assegurar que o Visconde de Pelotas estava preso, e o ofereciam em refém, para a soltura de Silveira Martins.

A mentira como terra, do tempo de guerra, adiantou-se até a pilhéria de dizer, que o ex-Imperador desembarcara na Bahia... para marchar naturalmente contra a Capital da República, com algum exército que comandasse o *Macaco Beleza*, aquele extraordinário capanga, celebrizado nas arruaças da recepção do Conde d'Eu, na terra dos devotos do Senhor do Bonfim.

A chegada ao Rio do Sr. Silveira Martins, anteontem, com a narração minuciosa dos incidentes sem importância da sua prisão e de sua viagem, e a declaração de seu modo favorável de pensar, em relação à República e ao Governo Provisório, publicadas no *País,* a sua tranquila retirada para os seus lares, em companhia de Quintino Bocaiuva, entretendo-se ambos os cidadãos com a maior cordialidade, quando se propalava que o famoso chefe político rio-grandense ia ser duramente tratado pela República, devendo curtir os dissabores da sua ameaçadora preponderância, no calabouço da Fortaleza de Santa Cruz – vieram matar de uma vez a possibilidade de qualquer invento intrigante de contrarrevoluções.

Um destes dias, via-se passar no Largo de São Francisco de Pauta, às três horas, à cabeça de um carregador, um grande cesto a transbordar de panos verdes e amarelos de grosso tecido.

Eram os reposteiros velhos de uma secretaria que se despachavam para o destino das coisas imprestáveis.

De envolta com as dobras verdes e as dobras amarelas, ondeavam, em confuso desenho, as linhas da antiga coroa imperial debruada a cordão sobre os reposteiros.

De uma fábrica de bandeiras da Rua do Ouvidor, no mesmo momento saía para os edifícios públicos um grande tabuleiro, cheio de bandeiras novas, ainda panos verdes e amarelos, porém marcados pelo disco azul estrelado e com a zona da inserção *Ordem e Progresso,* que um decreto (de efeitos suspensos posteriormente) determinou que fossem as insígnias do pavilhão da república brasileira.

Desdobre-se ao sol do dia o tabuleiro das bandeiras novas e levantem-se bem firmes os mastros que as desfraldarão para o céu. Contrariamente podem sepultar no mais fundo depósito do museu as velhas insígnias; que é bem difícil, agora, que a novidade proclamada sucumba, para que ressurja cadáver do passado.

O Farol, 1º de dezembro de 1889.

UMA DAS CAUSAS

Uma das causas, de ação indefinível, que concorreram para dificultar a implantação do sentimento monárquico no Brasil, foi a falta de aparato da monarquia.

Majestade parece que foi uma coisa que a monarquia esqueceu-se de trazer, quando cá veio com o Sr. D. João VI, por obra da invasão francesa na Península Ibérica.

O Sr. D. João VI não era majestoso já pela humildade do seu pendor para a devoção, já pelo incômodo, para o seu caráter pesadamente burguês, a que obrigaria o esforço da imponência, D. Pedro I, muito menos, por motivo diametralmente oposto, mas igualmente forte: porque a majestade era incompatível com o seu gênio descerimonioso e rude. D. Pedro II nunca pretendeu sê-lo, entendendo que o prestígio do governo está na justiça e na honestidade do governante, e não na grandeza de etiqueta da corte de que se faça cercar.

O prestígio dos que governam está, efetivamente, na justiça e na honestidade do governo, mas não está nisso somente o prestígio governamental de um monarca.

O sufrágio metafísico do direito divino, que se desenvolve, independente de qualquer positiva discussão política, por todas as variadas funções majestáticas do soberano, precisa absolutamente impor-se por alguma coisa que impressione os sentidos, imediatamente, sem lógica, nem argumento, como uma influência religiosa, pelo aparato, em suma, das exterioridades.

Os príncipes brasileiros descuidaram-se dos esplendores do sistema, pouco se lhes dando que figurassem modestas ditaduras populares, mesmo quando mais soberanamente faziam sentir o seu império.

O fausto principal da monarquia do Sr. D. Pedro II consistia em despesas de beneficência.

Em razão desta ausência de grandeza, tão sensível nas festas da monarquia, passou-se a data de 2 de dezembro, sem que impressionasse notavelmente, no movimento da vida da cidade, a abolição da grande gala do dia.

Igualmente, em razão talvez dessa nobre simplicidade, que é o traço mais simpático do reinado do Sr. D. Pedro II, é preciso que se registre uma espécie de comemoração que não faltou – agravação da saudade deixada por ele aos seus compatriotas – no dia que mais um prazo de velhice veio acrescentar aos seus cansados anos.

As qualidades do monarca expatriado tiveram só o defeito de encobrir muito, interpondo-se entre a atenção do velho mundo e a vida nacional, as qualidades do povo brasileiro.

A Europa conhecia o Sr. D. Pedro II, admirava-o e supunha-se dispensada de verificar que espécie de agrupamento de homens ondeava, degraus abaixo do solo imperial. A consequência disto era a ignorância desatenta em que se acharam sempre a respeito do Brasil os povos mais adiantados, e foi extravagante a impressão da nossa revolução no ânimo dos jornalistas da maior parte das folhas até agora recebidas no Rio de Janeiro.

A Europa conhecia da América do Sul um rei muito bom, muito sábio, de grandes barbas brancas e membro correspondente de quase todas as sociedades científicas do mundo. Sabia que esse rei governava com sabedoria e bondade um povo numeroso sobre uma nação vastíssima, meio simplório com escravos, e portador convicto de grossos anéis e volumosos brilhantes nos dedos respectivos.

Um dia, constou que se fizera um grande movimento nos estados desse soberano e que fora abolida a escravidão. Não se tratou de verificar se uma campanha humanitária de iniciativa popular precedeu esta reforma, nem que massa de sacrifícios se acumularam no preparo da evolução, através de tardos e longuíssimos anos... Estava acabada a escravidão, nessa terra distante? Foi sem dúvida nenhuma o rei bom e generoso que libertou os escravos, convenceram-se logo. E toca a saudar o grande rei, que soubera impor, magnânimo, ao seu duro povo a violência de uma medida de civilização e caridade.

Passados tempos, a Europa, absorvida no terror do seu equilíbrio político, toda cuidados para que não estourem antes do tempo os quilos de pólvora acumulada para meter medo a si mesma, preocupada com os cálculos dos orçamentos que a extenuam, das despesas militares para garantir a importância de caprichos, em que o bem da humanidade é uma ridícula ponderação inatendível; a Europa, toda política europeia, que não tem olhos nem para ver que a anexação do Rio Grande do Sul é uma coisa mais de dar que pensar do que quantas Carolinas e Tonkins e Massouahs tenham feito suar os seus ambiciosos de conquista – sabe vagamente que novo movimento abalou a existência do tal povo longínquo, do país vastíssimo e do sábio e bom soberano de barbas brancas...

Deve ter sido ainda alguma coisa magnífica devida à ditadura do soberano... Não! hesitam, porém; trata-se exatamente da deposição do rei, que é um ato de ditadura que ele próprio... Quem sabe? Mas não! foi o povo! Como é isso? Havia então outra vontade? Não! é um tumulto... fazemos votos pela vitória de Sua Majestade, que é a vitória do liberalismo e da civilização, contra os selvagens!... Mas o rei aí vem exilado?!... Ah! já sabemos, povo digno de execração! Já sabemos! O rei fizera a libertação dos escravos; eles vingam-se... Já sabemos!... O primeiro ato da revolução depois de condenar o Sr. D. Pedro II ao exílio à mendicidade do proscritos, vai ser a restauração da escravidão e do tráfico. Alarma civilização! Aos bárbaros brasileiros!

E tudo isso porque assim se escreve a história e porque tivemos a ventura de possuir um soberano, tão digno de veneração pessoalmente, que a pátria teve de separar-se dele, por força a fatalidade do progresso, guardando-lhe em memória um tradição de saudade.

******

Não vai a tranquilidade das ruas imperturbada, como nos dias que se seguiram imediatamente a revolução.

Quem não soubesse dos fatos, ouvindo dizer assim, imaginaria que é o ânimo desordeiro as massas que, sopitado a princípio pelo regime policial do Governo Provisório, começa a desforrar-se do retraimento e larga-se para aí no sopapos e cachações, da maneira mais endiabrada, para fim de prejudicar a fama de pacífica que conseguiu a revolução brasileira.

O caso é outro.

A baía está coalhada de navios de várias nações que a ancoraram para garantir a tranquilidade dos interesses europeus, em meio das naturais incertezas de uma mudança política tão grave como aquela por que passamos.

Sem que, com o dizer pretendamos responsabilizar a respectivas guarnições pelos excessos de alguns marujos imprudentes: é a esses respeitáveis guardas do sossego público internacional que devemos as perturbações.

Alguns marinheiros desses vasos têm vindo à terra. E como ouviram dizer que o Rio de Janeiro estava em revolução, e como nada viram absolutamente que se parecesse com as desordens de que se tinha arreceado as nações estrangeiras não quiseram que aos seus navios coubesse a platônica missão de policiar as desordens de uma cidade em paz. Daí uma porção de bernardas.

Daí uma porção de bernardas.

Seja o comércio estrangeiro testemunha de que se alguma vez tremeu depois da revolução, o susto foi o das suas pacatas vitrinas, não foi de chinfrinadas neorrepublicanas que o mal lhes veio.

Jornal do Comércio, 8 de dezembro de 1889.

UMA NOITE HISTÓRICA

Às três da madrugada de domingo, enquanto a cidade dormia tranquilizada pela vigilância tremenda do Governo Provisório, foi o Largo do Paço teatro de uma cena extraordinária, presenciada por poucos, tão grandiosa no seu sentido e tão pungente, quanto foi simples e breve.

Obedecendo à dolorosa imposição das circunstâncias, que forçavam a um procedimento enérgico para com os membros da dinastia dos príncipes do ex-Império, o governo teve necessidade de isolar o paço da cidade, vedando qualquer comunicação do seu interior com a vida da capital.

A todas as portas do edifício principal, na manhã de sábado, e às portas das outras habitações dependentes, ligadas pelos passadiços, foram postadas sentinelas de infantaria e numerosos carabineiros montados. O saguão transformou-se em verdadeira praça de armas.

Muitos personagens eminentes do Império e diversas famílias ligadas por aproximação de afeto à família imperial apresentaram-se a falar ao Imperador e aos seus augustos parentes, retrocedendo com desgosto de uma tentativa perdida. À proporção que passavam as horas, foi-se tornando mais rigorosa a guarda das imediações do palácio. As sentinelas foram reforçadas por uma linha de baionetas que a pequenos intervalos se estendeu pelo passeio, em todo o perímetro da imperial residência transformada em prisão do Estado.

Novas determinações anunciadas por ajudantes de ordens, que chegavam frequentemente do quartel-general, desenvolviam ainda as manobras da guarnição do edifício.

Depois que anoiteceu, foi fechado o trânsito pelas ruas que o rodeiam. Às onze horas, havia sentinelas até ao meio da grande área compreendida entre o pórtico do palácio e o cais. Por todas as imediações vagueavam soldados de cavalaria, empunhando clavinotes, de coronha pousada no joelho.

Adiantava-se a noite, adiantavam-se gradualmente para o mar os cordões de sentinela.

Um boato oficial, inspirado pela conveniência do interesse público, espalhava a notícia de que o Sr. D. Pedro de Alcântara (que se sabia dever embarcar para a Europa em consequência da revolução do dia 15) só iria para bordo no domingo de manhã. A polícia excepcional do Largo do Paço, porém, durante a noite de sábado, deu a certeza de que o embarque se faria muito antes da hora do propalado consta.

Demorados por esta suspeita, muitos curiosos estacionavam pelas vizinhanças do Mercado, das pontes das barcas, na Rua Fresca, na Rua da Misericórdia, na esquina da Rua Primeiro de Março. Da 1 hora da madrugada em diante, as patrulhas de cavalaria começaram a dispersar os ajuntamentos. Para os últimos passageiros das barcas Ferry não havia mais caminho, do lado do Mercado, senão beirando rentinho ao cais. Depois da última barca, o trânsito foi absolutamente impedido.

Também os mais renitentes curiosos tornaram-se muito raros, mesmo nas proximidades do largo sitiado.

Um grande sossego, com uma nota acentuada de pânico, reinava neste ponto da cidade. Para mais carregar a fisionomia do momento, circulavam nessa hora as notícias de um conflito entre marinheiros e praças do exército, havendo trocas de tiros. Apesar da brandura de modos com que os militares convidavam as pessoas do povo a se retirarem, apesar da completa abstenção de atos de violência que têm caracterizado o sistema policial, enérgico, mas extraordinariamente prudente do Governo Provisório, sentia-se ali como que uma atmosfera de vago terror, como se a calada da noite, a escuridão do lugar, a amplitude insondável da praça evacuada respirassem à presença de uma realidade formidável. Sentia-se todo aquele imenso ermo ocupado pela vontade poderosa da revolução. Em cima, o céu tristíssimo, povoado de nuvens crespas, muito densas, que um luar fraco bordava de transparências pálidas.

De vez em quando, das perspectivas de sombra saía um rumor de vozes abafadas, logo feitas em silêncio; de vez em quando, um rumor seco de bainhas de folha contra esporas e um estrépito de patas de cavalo, escarvando o calçamento, batendo a passos regulares, espalhando-se em estalado galope. Em geral silêncio de morte.

Entre as poucas pessoas que, iludindo o consentimento da polícia, tinham conseguido ocultar-se em diversos sítios de observação, murmurava-se que não devia tardar o embarque do ex-Imperador.

Duas horas da madrugada, entretanto, tinham marcado os relógios das torres, e nada de novo dos lados do paço viera agitar o solene sossego do largo.

Pouco antes dessa hora, houvera um grande movimento do lado do mar. Daí soara repentinamente um grito de alarma.

A notícia divulgada de assaltos prováveis de gente da armada contra a tropa, assaltos que seriam razoavelmente favorecidos pelo negrume da noite, que subia do mar sobre o cais, como uma muralha preta furada apenas pela linha de pontos lúcidos da iluminação de Niterói, dava para impressionar de susto um grito perdido da sentinela. Houve um tropel de cavalos, e logo uma, duas, outra, outras muitas detonações de espingarda, em desordenado tiroteio.

Nada havia de grave. Um indivíduo que tentara embarcar-se contra a vontade da ronda fora preso: escapando às mãos da patrulha de infantaria que o prendera, tinha-se lançado ao mar para fugir nadando. Alguns soldados atiraram a esmo para assustá-lo, enquanto outros tomavam um bote, com o qual pegaram de novo o evadido.

Logo em seguida foi visto o preso passar, à luz dos lampiões, empurrado pelos guardas.

Houve quem supusesse que os tiros fossem um sinal. Com efeito, tal qual se assim fosse, ouviu-se pouco depois, no meio das trevas da baía, o rebate chocalhado da hélice de uma lancha a vapor.

Uma pequena luz vermelha estrelou-se no escuro, diante do cais, e ao fim de poucos momentos, ao lado do molhe de embarque do Pharoux, vinha cessar o barulho da hélice, com duas pancadas de um tímpano de bordo e a passagem de uma rápida sombra flutuante sobre a sombra inquieta das águas.

– É a lancha do Imperador – pensaram os que viam com a opressão natural que devia provocar aquele anúncio da iminência de um grande acontecimento.

Bastante tempo se passou depois deste incidente antes que de novo fosse alterada a monotonia do sossego da noite.

A suspeita de que acabava de atracar a embarcação que devia receber o monarca deposto, a ansiedade de perceber o movimento significativo no portão do paço, prolongavam indefinidamente a duração desta expectativa.

O profundo silêncio do lugar pareceu fazer-se maior nesta ocasião, como se a noite compreendesse que se ia, ali mesmo em poucos momentos, estrangular a última hora de um reinado. A tranquilidade que havia era lúgubre. Ouvia-se com certo estremecimento o barulho do morder dos freios dos corcéis da cavalaria em recantos afastados. Frouxamente clareados pela iluminação urbana, as casas ao redor do largo, os edifícios públicos, pareciam adormecidos. Nenhuma luz nas janelas, a não ser nos últimos andares de uma casa de saúde.

Apesar disso, que se acreditaria indicar a completa ausência dos espectadores para a cena que se ia passar, algumas janelas abertas apareciam como retábulos negros, nas mais altas sacadas, e percebia-se uma agitação fácil de reconhecer nos peitoris escuros...

Pobre D. Pedro! Em homenagem à severidade da determinação do governo revolucionário, ninguém queria ter sido testemunha da misteriosa eliminação de um soberano.

Às três da madrugada, menos alguns minutos, entrou pela praça um rumor de carruagem. Para as bandas do largo houve um ruidoso tumulto de armas e cavalos. As patrulhas que passavam de ronda retiraram-se todas a ocupar as entradas do largo, pelo meio do qual, através das árvores, iluminando sinistramente a solidão, perfilavam-se os postes melancólicos dos lampiões de gás.

Apareceu, então, o préstito dos exilados.

Nada mais triste. Um coche negro, puxado a passo por dois cavalos que se adiantavam de cabeça baixa, como se dormissem andando. À frente duas senhoras de negro, a pé, cobertas de véus, como a buscar caminho para o triste veículo. Fechando a marcha, um grupo de cavaleiros, que a perspectiva noturna detalhava em negro perfil.

Divisavam-se vagamente, sobre o grupo, os penachos vermelhos das barretinas de cavalaria.

O vagaroso comboio atravessou em linha reta, do paço em direção ao molhe do cais Pharoux. Ao aproximar-se do cais, apresentaram-se alguns militares a cavalo, que formavam em caminho.

– É aqui o embarque? – perguntou timidamente uma das senhoras de preto aos militares. O cavaleiro, que parecia oficial, respondeu com um gesto largo de braço e uma atenciosa inclinação de corpo.

Por meio dos lampiões que ladeiam a entrada do molhe passaram as senhoras. Seguiu-as o coche fechado.

Quase na extremidade do molhe, o carro parou e o Sr. D. Pedro de Alcântara apeou-se – um vulto indistinto entre outros vultos distantes – para pisar pela última vez a terra da pátria.

Do posto de observação em que nos achávamos, com a dificuldade, ainda mais, da noite escura, não pudemos distinguir a cena do embarque.

Foi rápido, entretanto. Dentro de poucos minutos ouvia-se um ligeiro apito, ecoava no mar o rumor igual da hélice da lancha, reaparecia o clarão da iluminação interior do barco e, sem que se pudesse distinguir nem um só dos passageiros, a toda a força de vapor, o ruído da hélice e o clarão vermelho afastavam-se da terra.

Revista Sul-Americana, 15 de dezembro de 1889.

ATÉ QUE UM DIA

Até que um dia conseguimos que deitasse para nós um olhar de atenção a velha humanidade civilizada.

Chegam-nos mesmo delegados da grande curiosidade, para verificar de perto o que foi essa miraculosa transformação política, que se realizou, levando o edifício histórico das instituições, da mesma sossegada maneira que levaria a breca uma simples situação ministerial.

Antigamente vinham ver o Brasil. Vinham. Mas era a terra brasileira o que vinham ver, os visitantes que nos honravam com o seu desembarque.

A terra, a natureza é que os fazia marcar com um traço o Rio de Janeiro na chanfradura do contorno da vasta aquarela triangular e mal discriminada, que éramos nós, na carta da sua geografia de turistas. Queriam visitar a floresta, a montanha, o rio caudaloso, a zoologia inesperada, a mineralogia virgem, a botânica anônima.

Não há muito desembarcava do Recife, vindo da França, o Dr. Bergeron, escritor notável de medicina legal, muito vermelho, redondo de faces, redondo de olhos, redondo de ventre, redondo de gestos, um círculo vivo de erudição e expansibilidade. Saltou do paquete, venceu o Lamarão, atravessou os bairros, as pontes brancas, meteu-se no trem de Caxangá, internou-se a todo vapor para o campo.

Que iria buscar, na pressa daquela internação, o ilustre médico-legista? Não era com certeza a estatística de crime pernambucano, para redigir uma nota qualquer futuro estudo de antropologia da maldade; não era um apontamento de arquivo criminal sobre que pudesse apoiar qualquer observação competentíssima, em relação à perspicácia irresistível do microscópio, aplicado aos corpos de delito; a Casa da Correção, com o respectivo tombamento, ficava em rumo muito diverso da projeção da curiosidade do desembarcado sábio.

Em pleno campo, verificou-se o que buscava o ilustre Dr. Bergeron, médico-legista: – queria ver um beija-flor. Um beija-flor! O beija-flor brasileiro, que ele sonhara toda a viagem, que não é o pássaro-mosca pardacento da Europa, que é o átomo de arco-íris feito pássaro, nascido maravilhosamente do sol e da poeira da água das cascatas. Só para ver o beija-flor nacional desembarcava em terra brasileira, o respeitável viajante.

O caso foi que o sábio não viu nenhum, e, como não viu, voltou desanimado para bordo, e seguiu para o Sul, de onde retrocedeu diretamente para a sua pátria, descrendo de nós e descrendo da sua felicidade, até que passou ultimamente pela inaudita surpresa de saber que houvera a mais humana, a mais admirável, a mais civilizada das revoluções políticas, em um diabo de Brasil que não tinha sequer um beija-flor, nos portos de desembarque, para mostrar aos viajantes.

O beija-flor do Dr. Bergeron era o guia de viagem dos viajantes de outrora. Todos eles traziam, no fundo da curiosidade, um sonho de maravilha natural a conferir: se o beija-flor era mesmo flor e beijo, como dizia a bela denominação se eram doiradas as fendas da terra, se eram de prata os leitos das águas, se havia veneno na Ilha das Cobras, se tinha ideias monárquicas o abacaxi coroado, se havia extraordinárias plantações de cana no Pão de Açúcar, se o Corcovado tinha mordacidade clássica dos corcundas.

Quanto a esse episódio geológico que é o homem, no meio da natureza, não valia a pena pensar.

O homem era, quando muito, um indicador local, um marco com uma mão pintada, apontando. Onde estão as maravilhas da sua terra, Srs. Brasileiros? E uma das mãos pintadas apontava para o colibri, outra para as minas de ouro, outra para o Pão de Açúcar, a terra.

O brasileiro que mais interessava era o botocudo, o habitante do Xingu, com a sua idade de pedra, muito boa para um estudo alemão.

De sorte que ficávamos, assim, no mundo, como um extraordinário museu de história natural ao vivo, para quem quisesse aprender, uma galeria de alguns milhares de léguas, com a inapreciável vantagem, para os investigadores, de ciência, da falta de classificação, que dava margens às monografias originais. Os homens civilizados eram ali como os porteiros e os guardas da exposição permanente das grandezas da criação.

No momento que corre, a curiosidade volta-se à força, da natureza para os homens. Em boa hora passamos a ser um objeto de atenção, entre os objetos de atenção da nossa terra.

Ao menos agora, quando disserem: vamos ver a pátria das grandes florestas, o país do Amazonas... hão de acrescentar – e também o povo original da revolução sem sangue.

Jornal do Comércio, 12 de janeiro de 1890.

A MORTE

A morte é a coisa mais triste deste mundo. Não é preciso ser M. Prudhomme, para dizê-lo.

Mas a morte, no Rio de Janeiro, além de ser uma coisa muito triste, é uma coisa muito cara.

Nem se compreende que, com a tabela em vigor dos preços de transporte, tanta gente, entre nós, se dê ao luxo de tomar passagem espontaneamente para essa viagem, cujo contrato se estipula com o Conde de Herzberg.

Como obstáculo, com efeito à perigosa generalização da mania do suicídio, o enterro caro não deixa de ter sua utilidade.

Mas de um suicida de intenção, agarrado aos cobres, deixou com certeza de se atirar à clássica desesperada resolução, recuando ante a perspectiva, mil vezes mais espantosa que a morte, da despesa subsequente que lhe acarretaria o tremendo passo.

O apego ao dinheiro não é, contudo, um traço comum do nosso povo, e na extraordinária conta dos Montépin da vida prática, que dão cabo de si mesmo, como um folhetim se desenvencilha de um personagem renitente, a falta de recursos não é o móvel que predomina.

Reduzida assim a vantagem dos enterros a preços apertados (vem, talvez, daí a expressão *pela hora da morte* significando as coisas caras), fica sendo o peso do monopólio ditador que os impõe a consequência única da tabela vigente dos transportes funerários e as mais das vezes sobre aqueles que se vão muito contrariados desta vida.

Não é nada! Um indivíduo bate a bota. Geme, no leito da enfermidade, durante meses e meses. Por todo esse tempo, aproveitando-se do seu estado de indefesa, um hábil facultativo, entre muitos cerimoniosos *recipe* e *quantum satis*, levou a esfolá-lo dos pés à cabeça, pelo bárbaro expediente cirúrgico das contas, que ardem, mais geralmente, porque são salgadas. Vem ainda em cima a Empresa Funerária com o seu aparato e leva-lhe os olhos da cara! É horrível este sistema de desfigurar um corpo humano antes de o dar à terra.

Felizmente, anuncia-se que vai cessar o monopólio. Abençoadas bocas que tal boato propalam. As enfermidades têm esta crise medonha, contra a qual não há higiene de enfermaria que se rebele – a cobrança do médico. Libertem--nos, ao menos, da contingência negra da morte, com a esbodegação por agravante.

E o mais curioso é que o costume de fazer indústria careira de serviço dos enterramentos exista em um povo cristão na quase totalidade, aconselhado, para a vontade dos seus usos na sedutora religião que fez obra de misericórdia enterrar os mortos. Como não era isto outra coisa nos tempos pagãos de Charonte com a sua barca!...

Uma pequena moeda, na boca do defunto, e, pronto! estava transposta a Estige.

Jornal do Comércio, 19 de janeiro de 1890.

OUTRO ASSUNTO

Outro assunto de interesse que houve, que os cronistas deixaram passar esquecido, foi a incumbência feita à medicina oficial de estudar a higiene da vida airada.

Já estamos vendo a Higiene, severa, no seu trono de infalibilidade, entre palavrões de grego e baldes de fenol, moralizando a tirania da estatística e decretando a perdição do mundo, contanto que se salvem os aforismos.

Não custa prever o que vai opinar a tirania: guerra aos contágios do mal!

Há de falar em deperecimento da espécie pela ruína do sangue. Há de arrazoar a necessidade do vício e da sua regularização; há de pedir o código disciplinar da orgia. A ciência quer, a sociedade o reclama.

É preciso que a ciência brutal meta a mão nos sorrisos levianos e lhes estude a saúde. Antes que libertino se enverede pelo rosal de Anacreonte, a ciência solícita irá quebrar com as unhas os espinhos às roseiras.

Belo programa, não há dúvida. A ciência dá o parecer; o estado executa. O médico-legista, com o seu critério inexorável de lanceta; a polícia realiza a legalidade. O refle do permanente vai montar guarda à porta dos amores suspeitos. Antes de uma entrevista pode-se ir ao registro do comissário buscar a senha do encontro. A polícia empresta para a aventura o livro de Galeott, e garante, de quebra, a segurança da boa leitura.

Esta segurança faz-se da imolação de mil sentimentos humanos. Desacata-se vilmente a desgraça alheia. Arregimenta-se a miséria em um rebanho de seres involuntários e pacientes; e o Estado vai guiando para a festa da lascívia pública a leva asseada das escravas. Para essa organização existe a infâmia do registro, a humilhação periódica, o hediondo da visita, entre brutalidades do funcionário em função e ousadias fáceis de insolente pândego. Que importa, se triunfa a estatística do contágio? Que importam as almas, transidas na agravação da sua miséria, a se estatística da lepra acusa uma pequena baixa?

Seria bem interessante reproduzir-se, entre nós, em uma sociedade, felizmente, nova demais para cotar a miséria como elemento econômico, o espetáculo dos centros populosos, onde a imoralidade tem caderneta.

Sempre queríamos ver este quadro. Uma grande tenda obscura. No fundo das trevas, um tinir de taças, um rumor de risos estrangulados, um rumor de guizos, soluços, de desespero inconsciente na embriaguez, tosses convulsas da tísica das vigílias. De vez em quando entre dois guardas da felicidade pública, aparece amparado, cambaleante, um venturoso que se retira pronto.

À porta, protegendo a entrada contra as investidas do susto patológico, o Estado, severo e respeitável em um capacete redondo, de chapa sobre o ventre um alfanje de eunuco!

Jornal do Comércio, 2 de fevereiro de 1890.

AS EX.^{MAS} NOIVAS

As Ex.^{mas} noivas não têm razão de antipatizar com o casamento civil, com o casamento misto quer-se dizer, de contrato civil primeiro e de bênção religiosa por cima do contrato.

Vão se casando, sem gastar tempo com desarrazoados amuos, mesmo porque aí vêm de carreira os pés de galinha, que as que foram moças bonitas sabem como correm.

O casamento é um contrato, dizem. O casamento não é um contrato. O casamento são três contratos: o contrato legal, o contrato religioso e o contrato moral.

O contrato legal é a coisa mais simples deste mundo, só tem importância para as questões de código, heranças, divórcios judiciários e algumas outras; e só tem efetividade, em geral, nas questões de herança. Nas questões de divórcio, os casais podem viver juntos ou separados, independentes da lei ou contra a lei, sem que a lei tenha meios nem modos de lhes tomar contas.

Quanto à fidelidade conjugal, nisto então a lei civil, o contrato legal é o que se pode chamar uma rede de uma só malha. Não há peixe, peixinho, peixão que lhe não possa escapar a golpe franco de barbatana para o mar livre de todos os sonhos de Nereidas.

O contrato religioso é mais severo. Há uma coisa chamada sexto mandamento, com todas as suas variantes, inventadas por Moisés, o mesmo inventor das sete pragas, que deve ter dado que pensar a muito cônjuge de aspirações menos moderadas.

As malhas desta rede são mais estreitas. Já é preciso ter a consciência sinuosa, e corredia como o feitio das lampreias, para poder escapar-lhe.

O pecado afinal de contas e mesmo para quem não é do partido católico é uma coisa horrível, e, ainda pior que o pecado, o inferno, que para quem detesta os climas de elevada temperatura, deve ser uma residência supinamente incômoda.

Então, desde que alguma coisa atrai fora dos compromissos que foram selados pela benção do altar e pelo *conjugo vobis* de um sacerdote de má cara a pecadora em mente planta o cotovelo no peitoril das cismas misteriosas, encosta a adorável mãozinha à face, como marcando o lugar de um sonhado beijo, e diz consigo: o beijo seria muito bom, não há dúvida corar de um beijo! que delicioso rubor não me daria o remorso! que chama de gostoso incêndio não me acenderia em todo o ser o ardor do arrependimento... depois! Que deleitosa fuga fugir diante do remorso da felicidade, como perseguida por uma horda de belos demônios amáveis!... Demônios... É verdade! Mas o pecado? Mas a culpa, mas Deus, no fim de tudo, e ainda além do fim o infinito inferno? Não! Nunca!

Neste ponto ocorre novamente o sofisma do arrependimento; e vem a hipótese do confessor benévolo; e vem a tal bilontrice da carne frágil, que é bem mais a carne da hipocrisia do que a carne da fragilidade... É a malha da rede do contrato religioso que se alarga.

Resta o contrato moral. Este não é nenhuma rede. É um muro, é um dique. O mar tem todas as seduções da desordem, da imensidade, os abismos do coral cor-de-rosa, os tesouros das pérolas; à tona, os delírios da espuma, as audácias soberbas do albatroz, que lembra, com o livre capricho poderoso sobre a refrega das ondas, a vida dos sedutores destinos arriscados; tem toda a bela alegria... mas lá fora! Dentro do muro, é a calma obrigada do remanso, a calma inexorável da represa.

A culpa legal, o delito, nem sequer uma preocupação suscitaria à imaginação imprudente de um mau desejo.

A culpa religiosa, o pecado, faria um empecilho de um momento; depois a confiança no sofisma de absolvição de um mau guia espiritual podia desvanecer a dúvida.

Pecados cor-de-rosa... A culpa maior da imoralidade não. É sempre negra. A violação do compromisso legal podia ser a revolta contra um arranjo violento de terceiros, dos quais a lei se fizera cúmplice. A violação do compromisso religioso podia ser uma transação bem-arranjada com a teoria do infinito perdão na infinita bondade. A violação do compromisso moral não podia ser outra coisa senão isso mesmo, a culpa na sua natureza inicial, impossível de remir a desculpa, de coonestar com o sofisma.

Em verdade, como salvar moralmente o perjúrio depois do juramento, a traição diante da lealdade inerme, a ingratidão diante do amor prostrado.

Para vencer o temor da lei, podia haver a consciência; para vencer o temor de Deus, podia haver o confessor. Como, podem, vencer o respeito de si próprio?

Três contratos. O contrato conjugal são esses três contratos reunidos em um só perante a sociedade. Quando os três contratos se combinam com intensidade igual de intenção, o contrato conjugal é perfeito. Quando é mais legal do que religioso, ou mais religioso do que moral, o contrato falha.

Qual foi a modificação que ao contrato conjugal trouxe o casamento civil? Não afeta por nenhuma imposição de violência a sinceridade do contrato moral, que é a pura espontaneidade da simpatia dos nubentes. Não afeta o contrato religioso, pois a todos assiste ainda o direito de tomar a Deus por testemunha da pureza nupcial do seu leito.

Simplesmente quanto ao contrato legal, quanto ao insignificantíssimo contrato legal, protetor das heranças e ocasião dos divórcios escandalosos, heranças e escândalos para a cuja disputa não é de supor que, a caminho do casamento, levem o ânimo disposto as gentilíssimas noivas a quem estas linhas se endereçam, simplesmente quanto ao contrato legal, o casamento civil inovou uma mudança de jurisdição. Outrora, por uma distensão ilógica da praxe forense, os padres tinham direito de assistir judicialmente aos princípios dos herdeiros, ao primeiro momento de todas as dúvidas possíveis e futuras do tribunal do civil, no direito das famílias. Hoje em dia, o direito civil passa-se todo entre a gente do foro civil.

Os padres ficaram reduzidos ao foro da consciência, o seu competente foro, afinal de contas, é um foro como qualquer outro, que tem emolumentos, que tem juízes, que tem advogados, que tem rábulas, que tem até meirinhos, para as execuções em última instância, que são Satanás e toda a sua implacável companhia.

A toga em vez de batina. Nada mais.

As Ex.ᵐᵃˢ noivas pode ser que estranhem a princípio o novo tribunal dos casamentos, não há razão para que se não acostumem. Para que se acostumem concorre até que se fazem do mesmo jeito de tesoura a batina e a toga.

Jornal do Comércio, 1º de junho de 1890.

A PERSEGUIÇÃO

A perseguição às cartomantes, que constitui a parte do movimento da semana, não se pode dizer que esteja de acordo com a liberdade de cultos que existe e que se apregoa na atualidade.

Não há dúvida.

A superstição é a filosofia dos pobres. Dos pobres de espírito por natureza, e dos que, somente porque não encontraram nos recursos materiais da vida um meio de serem ricos de espírito, tiveram de permanecer irremediavelmente na penúria. Ser tolo, que imenso mal! Crer no milagre e na revelação da cartomante... Porventura será uma obrigação possuir a filosofia dos atilados?

Todos nós temos no cérebro uma porção mais ou menos considerável de imaginação voltada para o sobrenatural. Desde que se não acha meio de imaginar, por exemplo, a correta religião, a gente vai-se arranjando com um cultozinho de meia-tigela, que é um ridículo para muitos, mas que para a gente é uma grande coisa e dá satisfação sofrivelmente a todas as suspeitas e curiosidade da ignorância.

A seita das cartomantes é desta espécie. Vem da necessidade entre profana e religiosa do milagre barato. Quem não tem cabeça nem latim para se entender familiarmente com o mistério da Transubstanciação vai-se arranjando com o misteriozinho de Mme. Joséphine, que é capaz de adivinhar, sem mais nem menos, onde está o gato ou quem matou o cão.

Mas especulam, recebem dinheiro pelas consultas velhacas. Que tem a polícia com a despesa particular dos tolos? A curatela dos insensatos que desperdiçam não foi ainda armada de apito para entrar em função. Espere a polícia que transpareça um caso de fraude comum ou de violência.

Outrora, no tempo da fé privilegiada, elas viviam livres, as cartomantes, com o seu baralho mágico, carteando a sua jogatina com os tolos e os tolos perdendo sempre.

Pensava-se que os que perdiam lucravam contudo a embriaguez da sua toleima, que voltava da consulta lisonjeada e aplaudida. Que necessitam em rigor as ânsias espirituais? Que um processo espiritual as acalme. Imaginem a tolice assoberbada por uma grande ansiedade moral, parecida com essas que para os espíritos de melhor quilate encontrariam desafogo num conselho filosófico ou num preceito religioso, o terror boçal de um feitiço, por exemplo. A cartomante em vez de aplicar ao caso a regra de um filósofo ou de um padre da igreja, raciocinava que a tolice é tola e como tola deve ser tratada, e, para a asneira do feitiço, receitava com sucesso a asneira do contrafeitiço. Poder-se-ia considerar a vítima de uma fraude alguém que às cartomantes recorria para alcançar o seu sossego de espírito, e voltava da consulta realmente sossegado?

Permitia-se então outrora que a religião da tolice fizesse sua vida, com a condição apenas de se não patentear pela forma exterior de nenhum escândalo.

Se assim sucedia outrora, como é que hoje, que os foros da cidade foram facilitados a todos os cultos, vai-se contra a pobre e simpática religião dos tolos desenvolver a oposição das ameaças aterradoras do xadrez?!

Se ao folhetim se consultasse qual deveria ser o procedimento lógico do momento, dir-se-ia aqui em resposta: liberdade aos tolos da sua tolice; que se deixem esfolar os parvos pelo preço da sua parvoíce; deem cartas as cartomantes como um mandão da roça; conselhos, medicina, adivinhações, toda a espécie de sortilégio do desfrute tenha livre prática. Reúnam-se até em sinagoga, se quiserem, todas as espertas ledoras de *buena dicha*. Quando a todas as religiões se permite a liberdade absoluta dos seus ritos é de elementar equidade que aos tolos se faculte a religião da toleima, o livre exercício do seu culto, a livre presença do seu templo, mesmo, se eles ambicionarem na linha ordinária de todas as outras casas de culto, com a forma exterior que muito bem resolvam, assinalando em plena evidência a arquitetura simbólica da letra T.

Jornal do Comércio, 8 de junho de 1890.

A PROPÓSITO

A propósito de reformas, ocorre o projeto de reforma da Rua do Ouvidor, anunciado há alguns dias.

A nossa celebrada grande artéria tem sido objeto de várias cogitações de melhoramento.

Mas, provavelmente porque se trata da predileta dos fluminenses, que cada qual desejaria ver mais garrida e mais brilhante, todos os projetos de reforma ou transformação da grande rua central têm sido matutados com timidez, comparados com hesitação, criticados enfim com desânimo e muito naturalmente abandonados uns após outros preferindo-se sempre que a estimável e estimada Rua do Ouvidor continue tal e qual a que se a transforme talvez para pior.

O último projeto a respeito, que força foi esquecer, consistia em ladrilhá-la preciosamente, reformar-lhe de extremo a extremo a fachada dos edifícios, conformando-os com regularidade, cobri-la finalmente com um teto de vidro que a protegesse como um salão contra a investida dos temporais. Dessa sorte, vedada absolutamente a rua à passagem dos veículos, teriam aí os fluminenses um sossegado e abrigado ponto de entrevistas e de mútua inspeção comadresca e bisbilhoteira, que nem por sombras lembraria a rua atual com as suas linhas de construção irregulares e requebradas, com todas as horríveis imperfeições que a deslustram.

Quando, infelizmente, ia a ponto de amadurecer este projeto eis que de súbito descobrem que abafar uma rua estreita e acanhada como a Rua do Ouvidor, com um tampo de vidro de estufa, sob os rigores do sol fluminense, era como fechá-la ao trânsito público, ou condenar o imprudente que cometesse a loucura de se insinuar sob o túnel cristalino, a sucumbir em suplício incrível de asfixia e combustão de forno, necessariamente produzidas pelo planejado abafador ou revérboro.

Agora ressurge a velha ideia transformadora e cumpre reconhecer que se reapresenta com outros títulos de recomendação perante a crítica dos cometimentos capazes de êxito.

Trata-se de alargar a Rua do Ouvidor até as proporções mais ou menos da Rua Larga de São Joaquim e estirá-la amplamente desde o mar, rasgando o mercado, até ao Campo de Santana, fazendo ligeira curva do Largo de São Francisco para cima em aproximação da Rua do Hospício. Entre a Igreja de São Francisco de Paula e o Gabinete Português de Leitura, demolido o edifício da Escola Politécnica, ampliar-se-á uma grande praça, espécie de reservatório de ventilação aberto em meio da cidade às aragens da serra pela banda do campo e às brisas do mar pela banda do mercado, fartamente aceitas aragens e brisas, nos dois lances da esplêndida avenida.

A Rua do Ouvidor, como tantas famosas fluminenses, padece de insuficiência de circulação e falta de ar. Elegante o quanto consegue ser, ostentando o esplendor das sedas das suas lojas, e as finas rendas dos seus armarinhos, cobrindo-se do realce de flores das suas floristas, rebrilhando das joias dos seu ourives, sorrindo com o meneio fácil de namorada junto dos mármores pretos do Pascoal, deleitando-se com enlevo na colheita do galanteio que semeiam os *flaneurs* de hora fácil, em vão a Rua do Ouvidor afeta viver feliz e satisfeita. Estreitazinha de corpo e magra, não há moda que lhe assente bem; todo o luxo com que se adorne no estreito espaço de evidência de que dispõe mas parece carregá-la como a quinquilharia das turcas mascates do que enfeitá-la como a *toilette* de uma bela dama. Além de parecer mal, vítima das suas proporções, ela sofre realmente como as meninas doentias; nas horas de sol sufoca e ofega como se lhe não coubesse o coração dentro do corpo; ao menor acréscimo de afluência de transeuntes, ela sente-se morrer de esmagamento e congestão circulatória. E Deus sabe que tristeza é para as meninas serem assim doentias, porque não podem ser belas, e não serem belas porque são doentias.

O projeto que agora se planeja em relação à Rua do Ouvidor tem por fim folgar-lhe a circulação e dar-lhe ar, fazê-la alegre sinceramente, desembaraçada, vistosa e grande.

Em nome da Rua do Ouvidor e em nome da cidade, que se há de orgulhar de possuí-la em boas condições, no traçado da sua topografia, fazemos votos para que triunfem os iniciadores da sua transformação.

Jornal do Comércio, 16 de novembro de 1890.

ENQUANTO SE DEBATEM ESTAS ATRIBUIÇÕES

*E*nquanto se debatem estas atribuições da vida popular, há filósofos admiráveis, de bastante calma para meditar a mudança da capital da República.

Foi uma das ideias da semana a da mudança, nada menos (mudança de capital...) do Rio de Janeiro para o sertão de Goiás!

Houve ingênuos que admiraram a simples transferência de um obelisco das margens do Nilo para a capital da França.

A vingar a ideia de mudança da capital da República para o sítio da Formosa da Imperatriz do chapadão goiano, teremos ocasião de ver coisa muito mais espantosa, a transferência total, em conjunto ou por partes, de uma enorme cidade.

Há coisas nessa transferência que só pensar nelas perturba a imaginação. Que se levem as estátuas das praças, concebe-se – dentro de caixas apropriadas e convenientemente sólidas. Que se leve o chafariz do antigo Largo do Paço ou o zimbório da Candelária, também se concebe; basta que se o pegue por cima do chafariz com um bom guindaste pela ponta da pirâmide, pela esfera armilar e que se suspenda para cima de uma robusta carreta. O zimbório da Candelária, pega-se pela cruz. Compreende-se que vá também a caixa-d'água da Carioca, desde que a montem sobre quatro rodas, como um carrinho de caixão de meninos. Pode-se até aproveitar o espaço vão e meter-lhe dentro, cautelosamente empilhados, os arcos todos do Aqueduto de Santa Tereza. Os edifícios também é fácil imaginar que irão desconjuntados, parede por parede, escada por escada, teto por teto, desde que se numerem as diferentes peças para se não confundirem. Não foi assim que veio o Teatro Apolo todinho de Paris até aqui? Que se trasladem os pequenos morros do centro da cidade, conjetura-se igualmente: são de terra: podem ir aos bocados em carroças, por exemplo, e lá no seu destino acumulam-se outra vez. Porventura não se está fazendo a mudança pouco a pouco de alguns desses morros para dentro da baía? Mas há mudanças inconcebíveis. Como conseguirão os mudadores da capital trasladar o Corcovado? Rochas, águas, florestas e a estrada de ferro. Como hão de poder mudar para lá, para o sertão da Formosa o Pão de Açúcar, as fortalezas, a barra, elementos decorativos da nossa bela capital que mudada sem eles não se teria mudado?!

Jornal do Comércio, 15 de dezembro de 1890.

O ANO PARA O RIO DE JANEIRO

O ano para o Rio de Janeiro começa com a Quaresma. O ano do trabalho, é preciso dizer.

Até essa época não se faz verdadeiramente senão esperar pelo Carnaval.

Alguma coisa sem dúvida, aquilo que se não pode em absoluto dispensar prende-nos um pouco mais a atividade; mas a atenção não acompanha o trabalho e o exercício das profissões é de tal modo lesado por semelhante divórcio entre a ação e a alma da ação, que é a atenção correspondente que bem se pode considerar como não existindo quanta atividade se possa exercitar durante esse prazo de féria de expectativa.

E a razão é porque o Carnaval é a grande festa popular do Rio de Janeiro, a única festa, a festa sincera de todos, que tem habilidade de seduzir no seu júbilo, ao mesmo tempo o entusiasmo meio embriagado da gentinha miúda e a curiosidade fervorosamente interessada do que há de mais alto e mais aristocrático nas classes de seleção.

Por motivo provavelmente de ser o carnaval no verão, o que o faz supinamente incômodo, incômodo de modo a se poder apenas vencer pelo esquecimento desvairado da pândega, nem todos tomam diretamente parte nele, como sucede com os carnavais celebrizados de algumas cidades europeias e como mesmo entre nós chegou a suceder com o entrudo, que era geral talvez porque consistia exatamente em duchas de água fria sobre as epidermes doloridas do fogo do estio.

Mas todos compartilham em espírito das loucuras de Momo; e, seja ou não seja isto sintoma de perversão social, o que nos parece naturalíssima expansão de reservas de sensualidade a que nem santos escapam, e que bem aproveitadas, constituem nada menos do que o estímulo fecundo da progenitura, a verdade é que tão de coração e tão de fato como a bacante pesada de álcool que se reclina seminua num carro de máscaras, que se eleva vertiginosamente nas cestas de flores dos carros de estandarte, em toda a altura de uma apoteose da lascívia e da carne, entra no Carnaval a meiga e inocente donzelinha, que meio escondida de canto de uma sacada de primeiro andar, espreita absorta toda aquela suntuosidade do impudor, e que, solidária com tudo isso pela atenção, olhos piscos, narinas trêmulas, lábios em febre, aplaude tudo com todas as veias da sua admiração.

Sendo ainda o Carnaval a primeira das nossas festas, é preciso reconhecer que o Carnaval decai no Rio de Janeiro.

Em épocas de muito menos efervescência de dinheiro do que a atual em que o preço elevado de todos os objetos se compensa dobradamente pela abundância de recursos que saiam em todas as algibeiras, temos visto festas carnavalescas de muito maior resplendor e muito maior animação.

O Carnaval avulso, para assim chamar-se, desde muito tende a desaparecer. Este ano não houve quase nas ruas da cidade. A miríade dos diabinhos vermelhos que outrora davam a nota do Carnaval do povo desapareceu de vez.

Este desaparecimento talvez explique pela extinção da capoeiragem fluminense, e neste caso, abençoada seja a falta dos diabos vermelhos.

Mas, com o diabo vermelho, com a retirada de todo um *sabbath,* foram-se os *cabeças-grandes* e os variadíssimos outros, representantes da inferneira carnavalesca entre o povinho. Restando este ano unicamente, por expressão da alegria popular que morre, o domínio barato, que tem de pior que o antigo princês que é menos vistoso e que dá-nos ideia de uma estupidez embrulhada, de um idiotismo à milanesa, quando o princês antigo sabia ao menos ser estúpido sem tanto pano às costas e as insuportáveis *caveiras* de cruz e campainha nas mãos; que só se pode dizer, tal é o desenvolvimento numérico que tem tido a espécies representam o Carnaval popular como outro diabinho, com toda a diferença para cor que vai da cor vermelha contente e alegre de que se vestiam os diabinhos para a cor negra espessa e rebarbativa em que se amortalham os tais *caveiras*.

O Carnaval elegante, o Carnaval dos préstitos constou da passeata das duas únicas sociedades que ainda se batem heroicamente contra a decadência do costume; e isso mesmo, com todo o excitante da emulação que de uma para outra tradicionalmente despendem, e despendendo mais dinheiro do que o que gastavam outrora, não se apresentaram com o brilho do velho costume; e, sobretudo, não revelaram o entusiasmo dedicado que caracterizava a antiga folia.

Favorecidos aliás por um céu de estrelas, salvo uma ligeira chuva que caiu por alguns minutos, na noite da sua apresentação solene apenas haviam feito uma volta pela cidade, esquecendo-se do itinerário prometido, e pregando logro a muitas comissões de saudação que as esperavam em diversos pontos, foram tratando logo de se recolher aos respectivos penates, como se se aborrecessem daquela obrigação de cansar-se para divertimento dos outros. No grande terceiro dia, na grande terça-feira de Momo, às dez horas da noite, pouco mais ou menos, já estavam os préstitos dissolvidos.

Outrora, no bom tempo do Carnaval em apogeu, nessa mesma terça-feira já a população se havia quase retirado, à uma hora da noite, através das ruas que iam ficando ermas, sob a carga de um temporal desfeito, avistava-se ainda cortando uma esquina, qualquer dos muitos préstitos desse tempo na linha rigorosa do seu itinerário, queimando com todo o alvoroço de um princípio de festa, os últimos fogos de bengala da sua excursão gloriosa, rouquejando os últimos brados da loucura e, galvanizada por esforço de insano heroísmo, a fadiga imensa que tentava assoberbar os carnavalescos, correspondendo bravamente às aclamações de magotes de admiradores que contra o cansaço também, como eles, e contra o assalto da tormenta, não os desamparavam.

O Estado de S. Paulo, 22 de fevereiro de 1891.

ANDE-SE, PORÉM, A PREGAR SERMÕES

*A*nde-se, porém, a pregar sermões aos que são cegos porque não querem ver.

Entre essas cegueiras de crítica, em que vai uma espécie de imoralidade dispersa, cuja culpa nos cabe a todos, pode-se notar uma coisa que aqui se dá em relação à higiene pública.

As epidemias periódicas sucedem-se todos os anos com uma regularidade cronométrica. Cada vez que os flagelos da insalubridade devastam a pobre população, um brado uníssono se levanta, clamando por providências. E afirma-se que a cidade está cuidadosamente servida de focos pestilenciais; que cada um dos serviços de polícia higiênica é pessimamente conduzido. Acusa-se então a edilidade; acusa-se a junta de higiene; acusa-se a empresa Gás; acusam-se os carroceiros de uma outra empresa que por aí há sem nome que saibamos e que se encarrega de remover matinalmente o lixo das habitações. Desde o mais humilde fiscal de águas sujas, desde o mais obscuro varredor de ruas, até as mais altas autoridades sanitárias e municipais, não há quem não teme para o seu tabaco... E vem a celebrada história dos cortiços que têm muita culpa nas desgraças que sofremos, mas que não têm toda a culpa que se lhes atribui.

É um horror de severidade, não é assim? Se não temos a mais higiênica das cidades, não é porque não grite a imprensa vigilante, nem porque não descubra as origens do mal a perspicácia pública penetrante e fina.

Pois bem. À vociferação fulminante de todo esse *dies irae* da chamada voz pública escapa a primeira das causas de insalubridade do Rio de Janeiro, primeira a tal ponto que não fora injustiça dizer-se a única: o hediondo serviço da *City Improvements & City Improvements* é uma companhia inglesa muito poderosa e muito rica, nem para outra coisa é ela inglesa. Há uma espécie de medo geral desse papão britânico e fedorento que reside como uma fera no seu antro lá para as bandas do morro de São Bento.

Esta Companhia encarregou-se da colocação dos esgotos do Rio de Janeiro.

Arranjou pela cidade um serviço de limpeza que é uma miséria.

Ainda nos arrabaldes a coisa se pode ir sofrendo. Mas, no centro da cidade, é verdadeiramente um terror. Cada um dos receptáculos, de péssimo sistema, de péssima construção, mal servido d'águas por processos hidráulicos de uma grosseria mui maginável, é, dentro de cada casa, em cada um dos andares, às vezes mais de um no mesmo pavimento; é um respiradouro perene dos mais temíveis miasmas. Os tubos de escoamento que baixam dos receptáculos são de folha, às vezes, e quando são de barro são mal juntos, e transpiram para o forro dos prédios, como para imensos reservatórios de enfermidade e de morte, um mundo de gases pestilenciais, que exalados de uma só habitação, dariam para infeccionar um bairro inteiro.

Às vezes nem são somente gases que escapam, mas derramamentos líquidos, que vão se infiltrando pelas paredes, que vão alagando os tetos e aparecendo pelos interstícios das tábuas. As construções subterrâneas, as galerias de drenagem são da mesma espécie conscienciosa de estrutura. O solo adjacente a esses condutos invisíveis está podre de extravasamentos antigos. Uma vala que se abra nas ruas da cidade é como se se descobrisse uma cloaca negra. A terra é preta como piche, como o ventre de um túmulo a descoberto. O sistema intestinal do Rio de Janeiro sofre de uma fabulosa dispepsia de obstruções de toda espécie, feita de impedimentos sólidos, líquidos e gasosos: uma coisa de horrorizar ao pensar, como aquele conhecido conto do inferno nauseabundo n'*A divina comédia*. Aqui e ali há sofrimentos pavorosos nesses intestinos das ruas. Uma espécie de diátese incalculável de tifilite rebenta ao correr das tripas, enchendo de podridões deslocadas e estagnadas as cavidades obscuras e ignoradas do chão.

E ninguém parece saber disso, que ninguém ignora. E vêm as epidemias anuais e exploram-se causas, razões e origens, e ninguém quer ver a única razão do mal, a única origem da peste, a causa única da insalubridade do clima da nossa capital, que é a criminosíssima inventora de toda essa rede de intoxicação que deixamos descrita, de toda essa habilíssima e colossal fábrica de miasmas e de pestes – a poderosa, a temida, a sempre esquecida e a sempre culpada companhia inglesa *City Improvements*.

O Estado de S. Paulo, 15 de abril de 1891.

O MUNDO DAS LETRAS

O mundo das letras vai pouco e pouco se animando, como se fosse começar uma época venturosa para a nossa atividade intelectual.

Não há muito, chegavam de Paris alguns volumes dos *Contos a meia-tinta,* de Domício da Gama, pronunciando a grande remessa que deve brevemente fazer a completa publicidade desse belo livro. Dele talvez tenhamos ocasião de oferecer uma rápida apresentação crítica ao público paulista.

Neste momento, são entregues aos balcões dos livreiros fluminenses as esperadas *Rapsódias* do Coelho Neto.

Este gracioso escritor é conhecido em São Paulo, aí, onde ele ensaiou os primeiros esforços do seu talento. Dois trabalhos mais modernos são de tal forma reproduzidos de eco em eco, por toda a imprensa do país, que poucos se hão de encontrar, na Pauliceia, entre a gente que lê, que não estejam em dia com a evolução literária desse delicado espírito.

Pois dos seus mimosos, dos seus levíssimos contos, conhecidos e admirados na iriação flutuante e esquiva de bolha de espuma que os caracteriza, acaba Coelho Neto de reunir os mais encantadores em um elegante volume de edição do Lombaerts, os quais com esse título de *Rapsódias* representam o último acontecimento da vida literária do Rio de Janeiro.

Não tardará muito que cheguem alguns exemplares das *Rapsódias* a São Paulo. Vão-se preparando os paulistas para a mais amável e sedutora das visitas.

O Estado de S. Paulo, 24 de abril de 1891.

O DIA 13 DE MAIO

O dia 13 de Maio marcou a nota da semana.

Fê-la uma semana comemorativa, solene em um só dia mas toda ela preocupada das recordações de uma triste antiguidade, recordações suaves felizmente, porque, ao contrário do verso de Dante, em que nenhuma dor maior se julga do que na miséria recordar os tempos felizes, em tempos melhores, porventura, é que nos acodem as reminiscências inerentes à data gloriosa da abolição.

Foi-se a idade da treva. Mais rápido do que podíamos acreditar ruiu o castelo sombrio do mais torpe dos preconceitos, emancipando-se um povo fundamentalmente generoso e nobre, da tristíssima aparência de selvageria em nome da lei que o desonrava perante o mundo.

Glória aos operários dessa grande demolição. Glória a José do Patrocínio, o herói popular que por um desses raríssimos favores da história, se achou o exato homem do momento, representação individualizada do clamor unânime de um povo, e dotado de alma vasta para sentir assim com a alma da multidão, e de força de gênio, para exprimir com a veemência proporcional a paixão de todos, para viver e para cantar o poema épico, a epopeia guerreira dos livros, quando o sentimento de sua nacionalidade era o horror universal à escravidão.

Jornal do Comércio, 17 de maio de 1891.

É O RESULTADO

É o resultado de uma funesta cegueira que nos persegue, e de que tanto nos temos feito vítimas a nós mesmos.

Coisa semelhante dá-se com a invenção do tal socialismo no Brasil.

Nada pode haver de mais artificial, mais falso, mais inventado. O socialismo, quando não é a manifestação de vil instinto de inveja, que concita quem está debaixo a dar assalto a quem está de cima, não para estabelecer a igualdade, mas para substituir a opressão – é uma filosofia de luta e de heroísmo, que vem da necessidade de habitarem muitos em determinada região, e da impossibilidade de caberem todos na dita região. Vem da disputa da terra, e seu terrível problema não é bem a questão do pequeno salário, mas a triste questão dos que não têm salário algum.

Na Europa, o proletário pede um palmo de terra; mata-se, como o revolucionário irlandês por algumas braças de campo, onde possa erigir uma choupana e estender uma horta.

No Brasil, se dificuldades existem, são apenas as dificuldades do contrário.

O estado distribui a terra em regiões virgens e ubérrimas, faz presente delas a quem quer que seja como para aliviar-se. Distribui até pessimamente, de tanta que tem a distribuir.

A coisa chega a ponto de se não poder organizar o serviço doméstico na cidade, porque ninguém precisa servir e há pão de sobra para todos; quando, na Europa, aceitar gratuitamente um indivíduo para criado; é dar uma esmola; e os patrões levam o serviço da copa e do asseio das botas a bofetadas e murros, e muitas resignadamente sofridas, como nem com escravidão entre nós sucedia. Há salteadores que se dão ao ofício do banditismo qual se tem visto agora em São Paulo, por simples luxo, sem a mínima pressão de fome, tendo em casa abundantes somas de dinheiro, como o ladrão Mastena, ultimamente assassinado pelos sócios.

E surgem idealistas, por um desejo de superfície, imitação, a bradar a guerra social entre nós, como se aqui fôramos o inferno industrial de Liège e Mons...

O Brasil tem o seu problema social. É muito grave, e interessa mesmo seriamente a humanidade, como o problema que representa, do futuro da raça latina, em uma de suas mais consideráveis ramificações. Mas é um problema de organização; não é uma questão de demolir. O Brasil é uma nação que se forma e que se forma pela imigração, o que é mais sério. Nestas condições, os mil cuidados de sua constituição futura têm de preocupar seriamente os brasileiros.

Mas é um absurdo, quando o grande embaraço é a distribuição conveniente da população num território sem limites, levantar a paródia do debate social dos países onde as populações se estrangulam por falta de espaço. É um absurdo querer que vingue na árvore nova de uma civilização nascente, o cogumelo daninho das civilizações putrefatas.

Estas histórias de socialismo no Brasil não podem produzir senão desordens insignificativas, e que nenhum raciocínio humanitário favorecerá; ao alcance, portanto, da mais justa repressão por parte dos responsáveis da ordem geral.

Jornal do Comércio, 24 de maio de 1891.

CHEGOU TAMBÉM, MAS AO SEU AUGE

Chegou também, mas ao seu auge, o despropósito dos preços de todas as espécies de consumo no Rio de Janeiro.

Investigam-se mil causas, desde o imposto da alfândega em ouro, até as condições pouco firmes da atualidade política, alarma que ninguém em consciência pode dizer que nota.

Todas as causas são mais ou menos demonstradas e controvertidas. No meio da disputa ninguém sabe em que ficar.

O Brasil cultiva, com exceção do mundo inteiro, a especialidade dos inexplicáveis em economia política.

Mas é porque existe uma espécie de acordo tácito de conveniência ou de cortesia, em virtude do qual estamos sempre decididos a disfarçar em cautelosa reticência a explicação dos nossos males sempre que não é possível incontestavelmente explicá-los pela causa comum da insignificância moral, intelectual e social, que, por estúpida modéstia, ou por funesto dandismo, tão facilmente nós atribuimos.

No caso vertente, por exemplo, a carestia de todas as coisas compráveis explica-se, é verdade, pelas causas que se apontam. Mas explica-se principalmente e essencialmente pela desenfreada ganância de intermediários sem patriotismo e sem razões para tê-lo, que, não sendo brasileiros, mas, colocados com toda a perspicácia do mercantilismo, entre o produtor, que é brasileiro, e o consumidor, que é brasileiro, conhecem o segredo de manejar uma arma de dois gumes que marca para os dois lados um ritmo de morte, e dominam alto e forte no Brasil, e tudo entre nós conseguem, mesmo transformar artificialmente, perversamente e mentirosamente uma situação de próspera qual devia ser a atualidade brasileira, em o quadro doloroso da ruína pública.

Revoltam-se os que sofrem; porém não contra o governo impotente, que é o que os especuladores mais querem. Saibam ver melhor a quem cabe a culpa, e contra esses se revoltem.

A crise dos gêneros que atualmente nos oprime é tão real, é tanto crise, como a crise do níquel, que não há muito levantava unânimes queixas.

O furor do encilhamento degenerado em agiotagem de vinténs, em assalto à algibeira do pobre, não se deu bem com o encarecimento do níquel, tanto que o soltou das gavetas ensebadas de balcão. Agora versa sobre a fome da população. Como o caso é de bolsa ou de vida, podem ter certeza os especuladores que hão de agora chegar a Cresos.

Jornal do Comércio, 7 de junho de 1891.

PASSAMOS SOB CARGAS-D'ÁGUA

*P*assamos sob cargas-d'água a noite tradicional do fogo. Pistolas, rodas, buscapés, bombas reais, rojões, todas as formas da homenagem pirotécnica que ao glorioso Sr. São João se consagram de costume e se quiseram consagrar ainda este ano, foram falhando irremissivelmente, graças aos banhos do estopim e das pólvoras. As fogueiras, com a lenha molhada, eram impossíveis. Os balões, que durante a noite enfumaçada dos incendiários folguedos costumam substituir as estrelas, criando no espaço estranha e nova astronomia de sebo e breu flamante, não conseguiam falsificar o seu conhecido espetáculo de constelações enfermiças e vagueantes. Extinguiam-se no ar chuvoso e não podiam romper a bruma úmida da noite, esses incertos astros de luz sonâmbula e sem brilho do céu, céu constelado para as crianças, e que elas mil vezes mais prezam porque melhor compreendem, do que o céu pendente e pretensioso de Leverrier, ou mesmo o céu dos salmos ao qual não chega o alcance de sua pobre admiraçãozinha inexperiente e limitada.

São João, o famoso dorminhoco, que se diz que passa ferrado no sono a data dos seus aniversários, por mais esforços que façam a fim de despertá-lo às rouqueiras estrondantes e os importunos fogaréus da querida noite das rouqueiras e dos autos de fé das canas crioulas e das batatas-doces, São João parece que começou a dormir cedo demais, desta vez, e, em favor de seus devotos, esqueceu-se de prevenir a

São Medardo, ou quem quer que faça de signo do *aquarius* lá pelas alturas onde os santos residem e de onde os aguaceiros se desalojam.

Consequência: ficamos sem a noite de São João. De resto, era lógico. A noite de São João, a mais fria do ano, resume e representa entre nós o inverno, como a noite de Natal representa o inverno no Velho Mundo.

Nós não tivemos, não temos e parece que não teremos inverno este ano. Não podíamos, por uma exceção absurda da folhinha metereológica, ter noite de São João.

Jornal do Comércio, 28 de junho de 1891.

O TELÉGRAFO

O telégrafo acaba de trazer a notícia de que sucumbiu devorado pela abertura principal ou por alguma profunda fenda das encostas do Vesúvio o nosso ilustre compatriota e conhecidíssimo propagandista da ideia republicana nos seus mais difíceis dias, Dr. Silva Jardim.

O pavoroso desastre veio encher da mais transida mágoa os corações patrióticos. Ainda em começo de sua vida pública, cujo programa ia firmando a traços admiráveis de talento e de energia, Silva Jardim era já respeitado e querido unanimemente como um modelo de caráter e de civismo.

A bravura temerária que foi seu guia único na campanha por ele realizada antes do advento de 15 de Novembro e que lhe criou renome quando se batia na arriscada tribuna de propaganda pela vitória dos seus ideais políticos, havia de ser-lhe um dia fatal, convidando-o a afrontar o passo perigoso de um precipício, sobre as escâncaras ignívoras de um vulcão, como tantas vezes afrontara a cratera dos ódios políticos e das ameaçadoras reações.

Jornal do Comércio, 5 de julho de 1891.

ESTA SENHORA REPÚBLICA

*E*sta senhora República está desandando na borracheira mais cínica de que se pode fazer ideia.

Realmente, não há nos arquivos da corrupção monárquica coisa que se compare em imoralidade audaciosa, afrontosa, com o que se tem visto nos últimos tempos da administração republicana do Brasil.

A vergonha é tal, que uma folha que se conserva patrioticamente honrada e pura, embora infelizmente houvesse passado da propriedade de altivos e independentes cidadãos para as mãos de falsificadores possíveis de opinião pública em proveito dos seus negócios, supondo o governo morto, pelo descrédito, e vendo em risco conveniências íntimas dos seus proprietários e pendente do favor governamental, julgou chegada a hora de francamente prostituir-se e aceitou em suas colunas uma comédia de apoio ministerial, engendrado, ao que se diz, por um jornalista *ad hoc,* estranho à casa, mercenário conhecido das infinitas bravuras com que brilhou na imprensa escravocrata dos tempos de Coelho Bastos.

Fazem bem os republicanos puros que vão morrendo, como ainda há pouco, Silva Jardim, e agora mesmo o honradíssimo Dr. Júlio Diniz. Vão escapando à cruel necessidade de se envergonharem da degradação da República.

O governo não é atualmente o que esses idealistas sonharam: a distribuição equitativa dos interesses na sociedade e zelosa assistência das necessidades públicas: não é administração, nem é sequer política; é uma feira desavergonhada de emprego.

O Estado de S. Paulo, 19 de julho de 1891.

SIM, TUDO QUE FOR DEPRIMIR-NOS

Sim, tudo que for deprimir-nos, com premissas, suprimir-nos, em proveito de qualquer povo e de qualquer raça, tudo quanto for a dissolução da raça brasileira na onda absorvente de qualquer migração e sob qualquer influência opressora de além dos mares e de além das fronteiras, ser-nos-á como uma agressão e das piores – a traidora agressão insinuante, agressão sem a vantagem de ser franca.

O tipo humano alcançado pela implantação da raça latina neste ponto da América, e reconhecido com respeito pelos mais sérios pensadores europeus, precisa ser conservado.

Terá o Brasil resistência para, em proveito da raça humana, saber conservar-se?

A carga de parasitismo que ele tem até hoje suportado, sem prejuízo de sua imensa força, faz supor que sim. Em qualquer hipótese, é preciso que a luta se trave neste sentido. Em prol da raça, em prol do idioma e em prol dos nossos costumes. Morte a quem vier matar-nos!

É o nosso único e grande defeito, a virtude, em excesso da hospitalidade. Fechemos um pouco a porta.

Cuidado, portanto, com os entusiasmos imigrantistas.

Cuidado com os presentes gregos de muitos inovadores. Cuidado com certos funestos escândalos iminentes e com outros escândalos que vivem de ser olvidados ou ignorados e que deviam cessar quanto antes.

Em São Paulo há escolas públicas onde se aprende a ler em italiano. Um editor da capital expede para o centro, por milhares de volumes, edições de silabários em italiano. Nas colônias do Rio Grande do Sul há igualmente escolas do Estado em que só se ensina o alemão. Onde vai o culto da língua nacional?

Em São Paulo instituiu-se há pouco a extravagância impertinente de terem seu candidato em eleições políticas os *cidadãos brasileiros de origem italiana,* brasileiros, assim, para o direito do voto, e italianos bastante para se não confundir com os *eleitores nacionais!*

No Rio Grande do Sul, as ameaças de dissolução do que é brasileiro, essa mesma ruína que mereceu que de jovem patriota, um brinde melancólico em famoso banquete político, já vai muito mais longe. Em São Leopoldo, a três horas de viagem da capital, só se ouve falar alemão. Quem fala brasileiro esconde-o como um vexame. A língua nacional existirá quando muito para os segredos. Assim em todas as inúmeras colônias do Estado. O salgado trocadilho da língua do Rio Grande não tardará muito que se possa fazer totalmente sobre o idioma de Goethe. Criou-se no estado meridional uma verdadeira população de estranhos que são senhores da terra e que pais, filhos, netos e bisnetos até, os primeiros imigrados, os outros nascidos no Brasil, não querem saber da nacionalidade brasileira – denominam-se *teutos* o que é simplesmente uma maneira bem achada de não ser alemão às ordens de Caprívia e do Imperador – em viagem. Esta população especial de futuros desmembradores da pátria brasileira demonstra logo na capital a enorme influência sob que vai avassalando o Estado. E os brasileiros infelizmente não se opõem. A bela palestra cantante do gaúcho, modulada em um tom descaído de quem repousa na convicção da força, guardando no timbre certa nota indefinível de gentil heroísmo e que até nos lábios enérgicos da senhora rio-grandense se nota, tão sedutora amante expressiva, vai desaparecendo na algazarra sacudida, carroçal, da conservação alemã. A cuia simpática do chimarrão de costumes mesmo da cidade outrora troca-se em definitivo pelo branco cangirão de tampa, babando cerveja. Trajar-se à alemã é a elegância; aproximar-se dos *teutos* é uma consideração. Os alemães construíram nos arredores de Porto Alegre alguns chalés. Toda a gente limpa da terra pôs-se a fazer chalés em torno, e fundou-se o bairro dos Moinhos de Vento. À porta da alfaiataria Bins, loja alemã na Rua da Praia, reúne-se a flor da elegância porto-alegrense, vestida à alemã, falando alemão por *chic* (se os teutos permitem). Nota incrível, finalmente; o *Club* de Regatas de Porto Alegre, cujo Presidente é brasileiro, cuja diretoria toda é composta de brasileiros, tem os estatutos em alemão, texto único!

Para que se não veja assim todo o Brasil – em um Estado os alemães, no imediato os russos, no outro os italianos, mais para o interior os suecos, no Centro e ao correr do litoral, os portugueses e os dourados ingleses, e mais para o Norte, os americanos e ainda os portugueses, e nas Missões, os argentinos e no Extremo Norte, os franceses – todos os povos, todas as nações, invadindo-o, possuindo-nos a pátria, com exclusão de nós, como começa a dar-se no Rio Grande; para que não seja o nosso país uma transplantação do mapa dos outros países, seguindo-se a esse grande passe mágico, a fragmentação fatal do território, segundo os núcleos de nacionalidade – é preciso que todo brasileiro que se preze de o ser, em todas as reações do internacionalismo, seja prevenido e cauto.

Contra o que já existe de mal encaminhado, é mister pensar no remédio; para evitar que prossigam as consequências do que existe e se reproduzam circunstâncias idênticas, é necessário meditar as precauções; remédio e precauções que se interponham entre estes preceitos, fáceis de consultar, aliás, na vontade pública, como já se vai manifestando e que se podem tachar de conservadores, mas que são por isso mesmo patrióticos!

– Desconfiar da colaboração estrangeira, por amor de nossos belos olhos;

– Nada de imigração em enorme escala, que, favorecida por mil complacências, venha aqui vencer e suprimir o elemento nacional.

E, depois, nos chamem tupinambás.

Jornal do Comércio, 27 de julho de 1891.

A REPÚBLICA TEM TIDO ESTA CARACTERÍSTICA

A República tem tido esta característica incontestável – no Brasil, atualmente, o assunto mais positivo, a questão de dinheiro, a teoria e a prática das finanças, tendendo os mais espertos para a prática e para a teoria, os mais platônicos, é a quase única preocupação geral: em todo caso a que mais de contínuo traz agitada a opinião.

Longe vão os dias do romantismo abolicionista e dos sonhos dantonescos da propaganda republicana. O que há agora é pão, pão, queijo, queijo. Dinheiro e dinheiro. Cada um vê-se mais às tontas com a dificílima discussão dos negócios; mas todos só de negócios se ocupam. Reina, como diria Zola, uma atualidade naturalista.

O furor da especulação com as suas consequências tem chegado ao seu auge entre nós. A própria política se está fazendo exclusivamente com o debate sobre finanças, tanto a política do radicalismo, como a política reacionária. A República discute-se consubstanciada no Banco da República. O sebastianismo tenta feri-la na *Bolsa*. Os amigos da República condoem-se por ela generosamente, como os societários de uma grande *beneficência* de socorro filantrópico, que se comovessem com as vicissitudes da caixa humanitária em uma época de embaraços.

Resulta de tudo que a crônica, que tem por ofício buscar apenas o assunto pitoresco, sendo tão difícil descobrir o pitoresco em finanças, está a cada passo a esbarrar com o mundo financeiro. Sem que ela se vá meter na esfera dourada e insípida, onde esse mundo faz a sua vida normal: simplesmente porque o mundo financeiro já não cabe na dita esfera e irrompe e derrama e se irradia e se transforma; confundindo-se com os fatos todos da vida que a crônica explora de direito; invadindo, não por breves e insignificantes demonstrações, por demonstrações estrondosas, absorventes, impostas a toda a inútil esquivança de quem não queira ver a coisa, através da seara do pitoresco e como a amenidade mais amena.

Há pouco, era o estardalhaço do Encilhamento de mudança para a Polícia, derivando-se dessa estrondosa transferência (para usar de um termo próprio) os mais coloridos e palpitantes temas para os cronistas.

Agora de novo rebenta a estralada financeira: não já na polícia, felizmente, mas em ponto de muito mais ruidosa evidência – em pleno Congresso dos Deputados.

E, tanto melhor, que não foi nenhum feio escândalo.

Muito ao contrário, veio trazer-nos a mais grata revelação.

É regra que se repute o homem de negócio a mais impassível das criaturas. A frieza de metal que é o seu contínuo trato: o quilate do ouro que pesa no fundo de todas as suas cogitações; a consideração permanente do interesse e a ideia fixa do lucro, que monopolizam o exercício de sua atividade cerebral, e que, com a frequência insistida da ginástica dos raciocínios na eterna contagem, somar, diminuir, multiplicar e dividir, devem desenvolver hipertroficamente as faculdades menos ardentes do espírito em prejuízo das outras sentimentais do agitado altruísmo, a convivência perpétua com os números, em suma, que, a força de serem abstratos e extra-humanos, devem afinal algarismar-nos o coração e deixar-nos a alta inteira, rasa, seca e inerte, como uma tábua preta rabiscada de operações decimais a giz e esponja: todos esses motivos mesológicos nos autorizavam a imaginar o esqueleto moral dos adicionadores e multiplicadores de fortunas, como uma coisa inerte, vagamente aprumada a modo de coluna de escrituração. Tínhamos a convicção de que o homem de dinheiro era a calma e a firmeza em pessoa; uma espécie de Polo do Norte com um pouco de tabuada por cima.

Nem sombra de paixão por esses peitos nem uma vibração de calor por essas paragens de inverno absoluto.

Admitimos por exceção que, em amor, lá uma vez, fossem apaixonados do *bibelot:* não como os colecionadores artistas, para guardar e para adorar; mas como as crianças, para quebrar; para análise cruel da inutilização; para essa satisfação última que fosse, que consiste na destruição para si, exercício orgulhoso e mau do direito de vida e de morte que pode haver sobre as coisas como sobre as pessoas. Nenhum destino mais triste então, se pudera supor que o da amante a frio de um figurão de letras gordas. Ele a escolheria sempre entre os *soufriteuses,* e mais delgadas e quebradiças, entre as flores mais tímidas do sol e do inverno, que tão facilmente se aniquilam entre os dedos, não para amar precisamente: para odiar, possuindo, porque o ódio é frio. A última barulhada do mundo financeiro veio nos trazer a notícia de que por lá também existe o coração.

Jornal do Comércio, 31 de agosto de 1891.

HOUVE NOTÍCIAS DE GRAVE REVOLTA

*H*ouve notícias de grave revolta de colonos recentemente conduzidos até Casa Branca, em São Paulo.

A revolta veio naturalmente da velha história de não encontrarem os recém-chegados as coisas tais quais lhe haviam prometido.

O Eldorado das promessas aliciadoras dos encarregados de bater caixa no Velho Mundo, pela imigração para cá, não foi dando logo as mancheias de áureas pepitas que antes do contrato de serviço haviam sido garantidas.

Os recém-chegados colonos têm razão. Tiveram para conosco a difícil condescendência de embarcar para o Brasil. Não lhes dão a boca do cofre e recompensa desse imenso favor, eles revoltam-se.

Revoltam-se e repatriam-se.

Agora vão provavelmente contar lá para sua terra que o Brasil é uma coisa impossível e que a famosa planta do Equador, vulgarmente chamada *árvore das patacas* não passa de uma fantasia vegetal da imaginação indígena.

E nós estamos desacreditados. Quem tem a culpa?

Os colonos, que nos fizeram o favor de vir para aqui, sob condição de os nutrirmos expressamente a pomos de Hespérides? Certo que não. Mas nós! Nós, que andamos a nos empenhar pela Europa, por uma coisa que muito mais convém ao Velho Mundo do que a nós.

Desde que nos empenhamos, temos que pagar o preço caro do nosso empenho; e, se o regatearmos, os homens naturalmente se queixam.

Deixemo-nos de faustosas propagandas imigrantistas; vamos nos cingindo à empresa não pequena de abrir por aqui a estrada da civilização, por onde o nosso povo precisa jornadear um dia, que quando houver larga e franca a grande estrada, não faltará quem venha conosco a jornadear por ela. E então fraternalmente; porque então será palpável o proveito dos que vierem e nós não o cederemos à toa; será mister que primeiro reconheçam; não há nada para cimentar uma boa amizade contra espertos desdéns de quem quer mais, e contra ingratas altivezes de quem não fica a dever, do que a proposição bem estabelecida das conveniências.

Jornal do Comércio, 7 de setembro de 1891.

UMA DAS MIL INSÍDIAS

Uma das mil insídias que ameaçam o momento histórico de organização que atravessamos é a pretensa guerra ao militarismo.

Sabe-se que militarismo é a opressão pela espada e em proveito material e abusivo da classe militar. Confunde-se isso, entretanto, com coisa muito diversa, que é o prestígio e o ascendente da classe militar.

No Brasil, onde classe alguma conseguiu legitimamente organizar-se, por certo número de razões que os nossos estudiosos de sociologia deviam energicamente e patrioticamente averiguar; por outra, onde a organização das classes não se faz senão imperfeitamente, por obscuras cabalas que se furtam de ordinário a exame; o exército ficou sendo a classe única organizada. Manteve-o assim principalmente o seu caráter de coletividade, incorporado por natureza, obrigado à solidariedade do pelotão e do uniforme; como também, a homogeneidade dos seus elementos; o que não se encontra na sociedade comum, entre nós, sendo mais fácil haver, por isso, no exército a coincidência do modo de sentir, primeira condição de organização de uma classe. Mas, se o exército é a classe única organizada que existe entre nós, isto é um exemplo que o exército nos dá; e o que nos cumpre fazer, aos das outras classes, é organizarmo-nos como ele; é buscarmos de qualquer modo, com todos os sacrifícios, aquela homogeneidade de sentimentos, que é grande segredo de sua organização. Entretanto há quem se apresente e diga: o exército é a única classe organizada que aqui existe; isto é uma grande ameaça!

Daí se infere que, se, por um assombro, paralelo a tantos assombros que constituem o fundo dos nossos fatos sociais, o exército, diversamente de todos os exércitos havidos e existentes, fosse a desorganização completa como classe, como as outras classes; se tudo por aqui, desgraçadamente, como constituição social, fosse em absoluto a anarquia, a suprema Babel, de cem línguas, essa crítica dos *perigos do militarismo* do Brasil, estaria satisfeitíssima...

Não podemos pensar assim. Para nós a organização do exército é ainda uma esperança, no meio da geral desorganização.

E essa esperança se apoia bem. O elemento militar tem sido o grande fator de toda a nossa evolução histórica. Foi o exército quem confirmou a independência, expulsando os últimos soldados da metrópole; foi o exército quem deu cabo do primeiro reinado; foi o exército quem impôs a abolição, que a vontade da nação exigia em altos brados, mas que *certos elementos* conservadores recalcitravam em admitir; foi o exército quem fez a República... É isto uma desonra para o povo brasileiro? Não, absolutamente! É pura e simplesmente uma honra para o exército, que é o povo brasileiro em armas. É a sólida garantia do nobre papel que a ele se reserva ainda em nossa história.

Jornal do Comércio, 28 de setembro de 1891.

A QUESTÃO SOCIAL

A questão social mais importante a considerar no Brasil, antes de tantas macaqueações teóricas, adaptadas a tarracha às nossas condições, é a questão da opinião pública.

A opinião pública é uma simples exterioridade e como tal podem querer tê-la em menospreço. Mas exterioridade também é o rosto, e o dizem espelho d'alma; exterioridades são os sintomas, e por eles, como um caminho certíssimo de observação, os facultativos vão ao encontro das enfermidades. E, em um regime democrático, como o novo em que vivemos, a opinião pública tem, com efeito, de ser observada como o espelho da alma popular e os sintomas significativos das necessidades sociais.

O que é, porém, a opinião pública entre nós? De que elemento se forma ela, para ser tomada como clamor do patriotismo?

Um estudo feito a sério e com desassombro a respeito do que vale a opinião pública em nosso país seria riquíssimo de consequências.

Vivemos no país das empresas teóricas, ingenuamente confessadas, e, quando muito, abalançamo-nos até ao sistema entre bravo e tímido das insinuações e das reticências.

Era preciso que os estudiosos de assuntos sociais se resolvessem a passar com audácia através dessas reticências, retificar a curva dessas insinuações, penetrar no âmago dessas surpresas, que a nós só, entre todos os povos da terra, nos embaraçam e pasmam.

Observando os fatos da nossa opinião pública, a encontramos disparatadamente ardente e franca, ou inerte e morta, sem se medir por nenhum critério regular os estímulos que a movem. Reconhecemo-la às vezes em ação latente, subterrânea, inconfessada, invisível, mas poderosa, influindo em tudo, sem que se a possa surpreender em flagrante. Neste último caso, surgem os espantos teóricos que só em nosso país se levantam, começam a aparecer os fatos incompreensíveis, os fatos inexplicáveis... Ultimamente tem se dado a isso tudo o nome de sebastianismo.

Pois fazer uma análise calma e justa da opinião pública entre nós, mais particularmente no Rio de Janeiro, desvendaria, acreditamos, até a hidra misteriosa do *sebastianismo*.

E, sem necessidade de pesquisas policiais: com um pouco de estatística simplesmente e demografia.

Jornal do Comércio, 21 de novembro de 1891.

EM TÃO GRANDE PORCENTAGEM

*E*m tão grande porcentagem entra, ultimamente na vida brasileira, a política (e este é o melhor elogio, vá-se dizendo, da transformação republicana) que quase é impossível fazer a crônica dos dias sem consagrá-la em proporção respeitável à informação ou ao comentário político.

Na atualidade, então, depois do golpe de Estado e suas extraordinárias consequências, tanto se fala, tanto se ouve de política, que todo o pitoresco da vida cronicável esmorece e se anula, junto da evidência absorvente que assume essa áspera e tantas vezes desagradável preocupação.

Aos espíritos calmos por exemplo, está preocupando agora mas que tudo, saber se o contragolpe de 23 de novembro foi a solução da crise que levou o Generalíssimo Deodoro da Fonseca até ao extremo vertiginoso do golpe de 4.

Enquanto diz respeito à influência pessoal do ex--ditador, que, boa ou má, está hoje provado que não era aceito pela nação, tudo resolveu-se; é claro. O homem caiu; enxotou-se do campo dos hebreus o bode expiatório de todas as culpas. Resta verificar se quanto havia há pouco de impessoal, de real, de verdadeiramente ameaçador na situação do país oferece agora mais sedutores aspectos.

Deixamos de parte as crises atuais de organização, que no momento se propagam pelos diversos Estados.

Por mais incômodos que sejam esses incidentes locais da vida da União, eles pelo menos são indícios de vitalidade, como a de cabeça é uma demonstração consoladora de que existe-nos ainda a cabeça.

Queremos sindicar somente do que se passa em questão de política puramente federal; enquanto diz respeito aos problemas e embaraços centrais do Rio de Janeiro, tão graves, como neste famoso mês de novembro se verificou, pela conexão que os liga aos fatos gerais e mais distantes da vida social.

A esse respeito, no que toca à misteriosa enfermidade central de que padece o Brasil, desde que somos República, a observação nos pode levar desde já, porque os sintomas mórbidos não fazem cerimônia para se ir revelando: que não temos melhorado.

A situação financeira é a mesma. O câmbio rebarbativo conserva-se agachado e rasteiro, como um animal de presa, prestes a dar o bote, mas cauteloso e paciente. As condições gerais da existência, reguladas pelo comércio, são cada vez piores.

A carestia aumenta. Os manejos para torná-la maior são tão francos, que já não há mister inquéritos para se as descobrir e processar. Fazem-se cinicamente e a descoberto.

Toda a imprensa, ainda não há muito, sabia e noticiava que alguns desalmados especuladores, quando o abastecimento de carne é tão difícil nesta capital, trataram, por fazer subirem mais os preços desse fornecimento, de internar para Minas boiadas inteiras já aqui acondicionadas para as necessidades da alimentação pública...

A intriga, pois, continua a título de depreciação do meio do circulante, a intriga que, organizada não se sabe por quem (ou não se quer saber), tem por fim desacreditar a República pelo mal-estar da população.

Permanecendo o mal-estar, já se sabe, permanecem as queixas que nesta população de *desinteressados pelos destinos do Brasil* são tão fáceis e tão prontas. E essas queixas, voltando-se necessariamente contra o governo, serão a aclamação de sua inépcia, serão ainda o consenso unânime de reprovação dos homens da República, como têm sido; e consequentemente a reprovação popular da forma republicana. Daí derivar-se-ão as mil manifestações do descontentamento público; daí os procedimentos de repressão por amor da ordem da parte do governo; que, se tornando severo, tornar-se-á cada vez menos simpático; daí as complicações políticas criadas pelos que não quiserem arcar com as consequências da situação antipática do governo; daí as sérias agitações dos chefes políticos mais ou menos ambiciosos e da massa popular no centro fluminense; daí finalmente a funesta irradiação do desequilíbrio social, do Rio de Janeiro para os Estados, como já temos visto; sem sérias desgraças, mas que, tanto se há de reproduzir, que uma bela vez será por junto todo o mal que os grandes choques anteriores tenham deixado de ser. E, pobre do General Floriano, depois de Deodoro da Fonseca! Com isso mesmo contam os inimigos da República, podemos dizer da Pátria, vão cavando a ruína na sombra.

O Estado de S. Paulo, 5 de dezembro de 1891.

O BRASIL ESTÁ DE LUTO

O Brasil está de luto.

A esta hora, até onde chega o alcance das comunicações telegráficas, sem distinção de opiniões políticas ou simpatias pessoais, não há um brasileiro que não lamente a morte daquele que foi para o Brasil, não um monarca, mas o Monarca D. Pedro II.

O movimento histórico da emancipação nacional levou-nos à necessidade de nos separar do paternal soberano. Aqueles mesmos, porém, que personificaram a obra do destino, nessa terrível contingência, impondo-a pessoalmente ao príncipe deposto tinham o coração trespassado de mágoa.

Agora aumenta-se irremediavelmente essa separação.

Atenue o nosso pesar a certeza que podemos ter de que o ex-Imperador morreu, sabendo que era ainda prezado daqueles que foram o seu povo, e cheio da consciência de que nos legava, como preciosa herança, um exemplo e um precedente de honestidade feita poder supremo, que, fazendo o seu renome, seria para os seus continuadores, no governo do Brasil uma imponentíssima lição.

Jornal do Comércio, 7 de dezembro de 1891.

MAS FALEMOS DAS HOMENAGENS FÚNEBRES

Mas falemos das homenagens fúnebres de Paris.

A nota dominante dessas manifestações, que quase miudamente são já conhecidas do nosso povo, graças ao fenomenal serviço telegráfico do *Jornal do Comércio*, em sua recente seção D. Pedro de Alcântara, a nota dominante das homenagens da França ao defunto Príncipe brasileiro, é digamo-lo com franqueza – a do mais pungente acinte.

Todos aqui o sentem; e só não o confessarão os brasileiros esperançados da restauração, aos quais as *lamentações hostis,* senão do povo, do governo francês podem ser proveitosas como reclame político.

Em todo aquele estrondoso rebuliço de pomposas lamúrias, o que mais se vê, o que mais devíamos pelos menos ver nós, os brasileiros, e o que mais nos devia escandalizar é o imperioso esquecimento do nome brasileiro, como o de um povo pelo menos considerável numericamente.

Triste destino o do ex-soberano D. Pedro! Todo o seu governo, suas próprias melhores virtudes nada mais foram em todo tempo de sua vida do que uma interposição do eclipse entre o mundo civilizado e o povo brasileiro. Era tão grande o Imperador, ou, por preguiça de nos estudarem, *inventavam* – nó tão grande, que por detrás dessa imensidade apocalítica desapareciam no absoluto invisível de vinte milhões de brasileiros que esse príncipe governou.

O Estado de S. Paulo, 15 de dezembro de 1891.

A VIDA LITERÁRIA

A vida literária, apesar da extrema agitação política, não vai de todo morta, no Rio de Janeiro. Quase poderíamos contar por semana um livro novo.

Ainda nos últimos tempos tivemos publicações de todo inéditas ou inovadas de Taunay, Pereira da Silva, o incansável literato ancião, do Guimarães Passos, já bem conhecido entre os jovens poetas; e ainda agora rompe triunfante, o livro das *Aleluias* de Raimundo Correia.

Em outro domínio das artes, temos tido ainda mais considerável movimento, com uma série de exposições de pintura e escultura, tanto de artistas nacionais, como excelentes artistas estrangeiros.

Ligando o rumo dessas duas correntes, como uma festa duplamente das artes plásticas e das artes literárias, fez-se há quinze dias o lançamento da pedra fundamental da estátua de José de Alencar no Largo do Catete em frente ao Hotel dos Estrangeiros.

Os jornais deram aqui notícia da festa, celebrando justamente o soberbo discurso de Machado de Assis; mas não andaram muito pela estrita verdade dizendo que tudo correu perfeitamente. Consequência do uso jornalístico de não entrar em detalhes anedóticos junto da narrativa dos sucessos. Contra esse uso, porém, existe outro muito praticado, dos correspondentes para fora da capital que tudo indiscretamente esmiuçam, e nós, de acordo vamos dizendo que, afora o discurso de Machado de Assis, a festa de José de Alencar esteve encaiporada até mais não poder...

Começou, pela não admissão de bandeiras, dizem que em atenção a que José de Alencar fora monarquista e não se admitiram bandeiras republicanas erguidas em seu nome depois, não houve quem se lembrasse a tempo de arranjar alguns exemplares dos livros do escritor, sendo necessário à última hora desencavar alguns volumes muito lidos e muito usados e deslombados, que lá foram a troche-moche para a caixa de zinco.

Na hora de selar o auto do lançamento, descobre-se que o selo fora gravado às avessas por notável distração do gravador. Em compensação, logo depois descobre-se que não prestava para nada o lacre trazido, que aderia mais facilmente o sinete do que ao papel, de sorte que lá foi uma placa informe à guisa de selo, sem a mínima inscrição nem mesmo invertida. Coroação.

Apenas se tinha deixado a placa de lacre sobre a página clara de pergaminho do auto, eis que um braço de estouvado, que não responde, nem jamais se poderá descobrir, dá de encontro ao tinteiro, na mesa da assinatura, e o tinteiro, sem ficar gota, derrama-se todo sobre o campo das vigorosas firmas lançadas com endereço aos pósteros pelos ilustres presentes!

Em mais de um semblante poder-se-ia ter lobrigado o condoído despeito, ante tal ruína das esperanças de ver chegar ao futuro seu belo nome na página do auto.

Não foi isto, contudo, o maior mal do desastre da tinta, nem de todas a maré de fiasqueira da festa do lançamento. Sem que se possa fazer a ninguém responsável por tantos contratempos, principalmente notáveis porque vieram por junto, o pior é que, em remoto futuro, quando for tombada já a estátua do nosso grande escritor, e os arqueólogos investigadores fizerem abrir a picareta o bloco de *concreto* dos alicerces e desentranharem do solo a pedra fundamental e de dentro da pedra retirarem o pequenino esquife de imortalidade em que se encerrou o nome de Alencar, vestígio de um grande nome imortal aí serão, sem dúvida, reconhecidos; mas igualmente poder-se-á reconhecer, examinando os destroços do tempo, um triste depoimento de desleixo contra a nossa idade.

O Estado de S. Paulo, 29 de dezembro de 1891.

E ESTÁ ACABADO O ANO DE 91

E está acabado o ano de 91.

Que se vá para a eternidade esse atribuladíssimo 91 e não pense em voltar, são os nossos sinceros votos.

Há muito que se não vê, com efeito, na história brasileira um pedaço de cronologia tão levado da breca como este que hoje se encerra.

Que lutas teve de sofrer o nosso pobre Brasil, durante uma ingrata temporada, que desconhecidas angústias! A gente não cessa de pensar com amargura em tudo que foi o ano daqui a poucas horas concluído, senão para temer que os males que nos legou talvez queira a fatalidade que ainda venham a frutificar.

O Estado de S. Paulo, 31 de dezembro de 1891.

A CIVILIZAÇÃO

A civilização da América do Sul vai se fazendo por processos doentios, cujo resultado talvez seja, afinal, o bem-estar das raças que atualmente em maior escala concorrem para essa civilização.

Caso, porém, dessas desordens de civilização mal encaminhada não resulte o desastre de se verem as raças atuais deslocadas por outras mais inteligentes ou mais calmas, que se aproveitem, como de um desbravamento de terreno, dos esforços das atuais; se chegarmos, nós ou os nossos diretos descendentes, a gozar a América em razoável estado de cultura social, incalculável jornada de fadigas e de desgostos tivemos sofrido, ao atingir as raias desse ideal.

Os colonizadores da América do Sul, como representantes de raças, de povos não assaz dotados de qualidades por assim dizer de prolificação colonial, isto é, da soma de energias físicas e morais que transplantadas do país natal vinguem facilmente em regiões virgens para que se transportem povoando sem custo o deserto e domesticando a natureza rebelde dos ermos; parecendo muito diferentes dos ingleses, por exemplo, que criaram a América ao Norte e vão criando a Austrália, têm se mostrado de uma incapacidade verdadeiramente lastimável: ou são estupidamente inertes na conquista da terra; ou, se se atrevem a tentar arrojos, são de um desastramento que mais valera não tentá-los nunca.

A situação miserável a que se viu reduzida a República Argentina, com a sua impaciência de chegar fulminantemente ao grau de civilização dos Estados Unidos do Norte, dá-nos cópia evidente da inabilidade dos latinos para andar depressa em matéria de colonização.

Em nosso país, podem-se estudar vastamente os sistemas opostos da incapacidade; o da incapacidade por impaciência de progresso e o da incapacidade por exagero de incúria.

Pode ser que, de tudo isso, nasça para os sul-americanos uma lição de experiência, da qual derivem resultados superiores até aos que conseguiram os americanos do norte. Força é confessar, todavia, que, para os que têm de aguentar a tormenta, antes do porto de salvação, este caminho para a prosperidade é infinitamente incômodo.

Haja vista ao que tem sucedido em nosso país.

Durante uma infinidade de anos foi-nos a existência um viver de toupeira. Vivemos um século de letargia, sem acordar para o progresso o mínimo estímulo, não adiantando um passo, no caminho da civilização, senão quando, por assim dizer, a inércia cansava-se de si mesma.

Tudo sofria dessa morosidade. Roíamos a monarquia modorrenta e fraca de D. Pedro de Alcântara; aturávamos a escravidão; padecíamos a minoridade colonial na vida do comércio e da indústria; nesta nos condenando à cultura única, no preconceito da cultura do café; no comércio, testemunhando sem protesto a invasão do estrangeiro, que vinha com uma sem-cerimônia de primeiro ocupante, tomar conta de todas as posições, fechar depois ao nacional a futurosa carreira das transações. Em paga da submissão pusilânime com que nos entregávamos, como gado humano, a todas as explorações; confiando-nos aos abusivos caprichos de especulação organizada em monopólios pelos espertos, confiando-nos de presente, e, ainda mais, de futuro, graças à covardia e traição de políticos indignos, que não sabiam senão apelar, das desgraças atuais do país, vitimado pelos abutres da cobiça, para desgraças vindouras, instituindo, como único recurso para as angústias da vida nacional, o paliativo dos empréstimos externos e a miséria dos *deficits* orçamentários – em paga desse incalculável abandono e mesmo em razão dele, gozávamos a mais convicta fama de abjeção perante o mundo.

Nasce a República, de remorso de uma tal situação, fazendo-se anunciar a reforma política pelo abalo social da libertação dos escravos; e, quando era chegada a hora de uma prudente e firme reação, eis que nos vemos lançados ao desencontro da mais agitada anarquia; entre os que, sedentos de emancipação, ou querendo especular com as tendências emancipadoras da vida brasileira, arrojam-se aos mais comprometedores desvarios e os que, apreensivos em razão desses mesmos desvarios, sonham com o retrocesso às tradições da imobilidade ou da lenta ruína.

Este atropelado conflito é todo o drama da questão financeira que tem sacudido o Brasil inteiro.

O Estado de S. Paulo, 19 de janeiro de 1892.

NA BELA MANHÃ

Na bela manhã do dia 19, o Rio de Janeiro acordou traído.

Não estava mais conosco, quer dizer, com a paz e descanso da vida burguesa – Santa Cruz, a cidadela da nossa grande confiança, à barra.

Houve em todas as almas o mesmo desequilíbrio de consternação que nos faria estremecer, no ram-ram da existência quotidiana, de uma bela manhã, abrindo para o jardim a porta de casa, déssemos frente a frente com o nosso fiel e querido cão de guarda em atitude de investir contra nós – hidrófobo.

Santa Cruz era assim para o Rio de Janeiro como a guarda fiel de um enorme cão de granito e guelas de bronze – deitado sobre as quatro patas, à porta da baía, imobilizado como as esfinges pela enormidade do seu peso, sabendo todavia rosnar oportunamente, na hora da ameaça indispensável, e suprindo a dificuldade de se não mover pelo privilégio maravilhoso de poder morder ao longe sem grande abalo ao seu corpo formidável – simplesmente com enviar ao longe os dentes para a dentada.

E vivíamos em sossego.

Santa Cruz era a guarda comum distante, superior e austera. Ninguém contou jamais com ela envolvida em tricas políticas. Nem mesmo para as revoluções. Ela ali ficava arredada desses mínimos conflitos, sem atentar jamais para os estrépidos da cidade; olhando para o mar largo, para a ameaça estrangeira que podia surgir do horizonte, em sua perpétua vigilância; serena e contente de ali estar a leste e receber primeiro que todos o banho de ouro do primeiro sol. Podiam-se atropelar por aqui todas as conflagrações. Santa Cruz era estranha. Brigássemos embora: ela dar-nos-ia quando muito um olhar benévolo de leal camareira idosa que vê os seus meninos se atracarem sobre a relva de um parque, numa disputa sem consequência. Brigássemos embora... Ela ali estava altiva e forte, entre nós e o estrangeiro, como a encarnação perfeita do patriotismo, para proteger os nossos próprios conflitos.

E a sua tranquila ausência, lealmente mantida até agora de todos as nossas desavenças, parecia dizer-nos com certa ironia amiga – que podíamos brigar em paz.

Ninguém duvidou jamais dela.

A hipótese de a vermos um dia contra nós, era o absurdo, contava-se com ela no ponto de vista militar, para o apoio comum; como se conta com a terra para caminharmos: era a lealdade perfeita ao nobre símbolo tranquilizado da Defesa Nacional. De certo, visitando-lhe o interior, dentro de suas espantosas paredes de rocha viva, é o que sentia – ante a expressiva cruz tranquila de sua praça central ante as baterias dos seus corpulentos Amstrong e Withworth, tão tremendas, na ameaça fixa colossal, que a gente se vê tentado em vago receio a animar-lhe com uma carícia o dorso frio e rijo, dos seus mais fortes canhões assestados para o alto-mar.

******

Nessa imensa confiança amanhecemos traídos, no dia 19. Soube-se desde muito cedo, que estavam cortadas as comunicações da fortaleza com a terra, que os oficiais tinham sido feitos prisioneiros pela guarnição em revolta, de mãos dadas com os presos e sentenciados, que os oficiais deviam ser naturalmente fuzilados, que a cidade ia sofrer o bombardeio.

Era uma coisa inacreditável.

Olhava-se para o mar e a Santa Cruz aparecia sobre os seus rochedos, com o aspecto do costume, ainda mais retocada pelo brilho límpido de um claro começar do dia, que fazia parecer mais bem-acabada no pitoresco do panorama e sobretudo mais alegre.

Mas era o fato: a fortaleza estava em revolta. Muito não levou que, assinalando o rompimento de hostilidade lhe alvejassem as muralhas aos primeiros tiros de peça – contra as lanchas, contra as barcas que percorriam a baía. E os clarins chamaram a postos a guarnição da cidade e os batalhões passaram para bater os insurgentes. Era certo. O velho cão de guarda, leal e magnânimo, endoidecera e do outro lado da Guanabara, à beira-mar, mostrava as presas.

******

Era a triste realidade. Mas os cães amigos e da maior estima (desde que a natureza quis que ao mais dedicado dos companheiros do homem pudesse chegar a desgraça de mais atroz delírio), os próprios cães amigos e estimados matam-se, quando a hidrofobia os dana.

Santa Cruz estava em revolta. Era preciso vencer a revolta de Santa Cruz.

E a energia patriótica do Governo, e a gloriosa bravura dos nossos soldados venceram como era preciso.

******

Ainda estava quente o solo, do calor do combate a que cedera a fortaleza, quando começaram a chegar visitantes aos lugares da ação.

O planalto do Pico, que domina Santa Cruz a algumas dezenas de metros, oferecia o espetáculo terrível e comum dos campos de peleja. Alguns feridos que ainda não houvera tempo de retirar, e os mortos por toda parte, poeirentos e rolados nesse desprezo de postura que é próprio dos que sucumbem lutando. Somente a morte, no silêncio e na desolação daquelas alturas, parecia ainda mais triste do que em outra qualquer parte.

Na Fortaleza de Santa Cruz, muito menos sombriamente, entre gritos, comandos, marchas, rumor de armas, tumultuavam os aspectos e a agitação das praças tomadas de assalto.

Oficiais reuniam-se, em grupos, comentando os episódios da revolta e do combate; grupos de soldados, calados e muito atentos, passavam, distribuindo-se em guarda pelos diversos cantos, cruzando com outros, que traziam prisioneiros, que arrastavam metralhadoras ou que iam cruzar as armas em sarilho. Às portas das prisões, das enfermarias postavam-se sentinelas, descansando as mãos na boca das carabinas. Nas enfermarias, sem gemidos, com um ar de expectativa paciente, estes reclinados, aqueles estendidos, entreviam-se pelas portas, ao lado de outros enfermos, os feridos do combate da manhã e da véspera, mostrando às vezes panos sangrentos, uns na cabeça outros nas pernas. Nas prisões, fechadas de enormes grades verdes, nodosas, excessivas para guardar leões, amontoavam-se, mudos e tristes, os vencidos, sobre palha, trapos de fardas e camisas e miseráveis cobertos. Na saleta de uma das edificações da praça e guardado a vista, caído em um catre, em calças e camisa, jazia o chefe da revolta, com o tiro na face e a face morena do filho do Norte cingida em duas ataduras paralelas de seda preta. A um dos lados do grande pátio havia um banco comprido e baixo. Uns, após outros, iam trazendo para ali feridos, que, dois cirurgiões, de maneiras brandas, iam medicando. Ora era um praça de 10º, que tivera o pé arrebentado por um tiro e implorava dolorosamente que lhe não bolissem muito, que era como se lhe arrancassem os nervos.

E o médico cuidadosamente atufava-lhe o pé em ramas muito claras de algodão antes de acomodar tudo em um aparelho de fios de arame. Ora, era um grande preto, insensível como se não fosse de carne e que se deitava nu de barriga para baixo, enquanto o cirurgião se atarefava muito com um caco de metralha que apanhara o ferido na curva dos glúteos. Um cheiro mesclado de iodofórmio e ácido fênico lutava no espaço vitoriosamente com os hálitos da maresia, nascidos dos rochedos. Pelas escadarias, rampas e ladeiras que se cavam na fortaleza como os mil caminhos de um formigueiro, saindo e entrando na sombra dos túneis e arcarias, que se recurvam a cada passo com um luxo esmagador de solidez, atravessando as áreas e esplanadas onde caía claro o sol da tarde e retalhavam-se mil formas geométricas de sombra cor de chumbo, fervilhava um verdadeiro formigueiro de homens, em uma azáfama tão precipitada e febril, sob a bandeira branca, aberta ao vento no mais alto mastro dos baluartes, aquela última hora de uma grave colisão militar, como não seria menos ao alarma da luta iminente.

Movimento vertiginoso, a cena animadíssima de um grande assalto vitorioso. Faltava, entretanto, ali, ausência digna de menção, a todos aqueles homens, a todo aquele quadro o característico indispensável dos passos vitoriosos da guerra. Faltava absolutamente a nota de alegria, que faz do triunfo uma festa.

******

É que ali não havia a pátria vencedora, que é o grande e nobre júbilo do soldado que vence.

Aquilo era simplesmente a vitória melancólica do fratricídio.

Havia a consciência geral de que a revolta de Santa Cruz, fora um grande crime. Não uma simples rebelião de soldados. Alguma coisa mais. E fosse quem fosse o criminoso, vencidos e vencedores sentiam-se ali, na fortaleza, agitada ainda da vibração dos últimos tiros do combate, irmanados pela condição comum de infelizes vítimas. Vítimas os vencedores, porque perversamente os haviam induzido a uma tentativa insana de temeridade; vítimas os vencedores, porque, contra os bravos camaradas iludidos, tinham-se visto na contigência de representar o castigo fatal: aos temerários; sendo toda a luta uma trucidação mútua de irmãos.

O horror de se pronunciar em revolta em baluarte da segurança pública como Santa Cruz era muito.

Mas isso era a simples forma exterior do crime. O crime em verdade fora mais do que uma revolta de praças.

O chefe da insubordinação na fortaleza, impondo-se à obediência, clamava que aquilo era *um movimento*. O fato de se deixarem deter em combate os comandantes da praça rebelde faz crer que os próprios oficiais de certa categoria se deixaram possuir da crença justificável, pois, de que aquilo era mais alguma coisa que uma revolta. A ingenuidade convicta com que se sabe que os revoltosos acreditaram que metade da esquadra *era deles,* que os praças do 7º e do 10º, que contra eles marchavam, eram simples reforços que vinham guarnecer a fortaleza insurreta o erro com que o famoso Silvino, segundo se diz, considerava como saudações à fortaleza os sinais entre os navios da armada em movimento e até, coisa estranha, para os seus ouvidos de soldado, ouvia como tiros de combate (combate de revolução) nesta cidade o estrépito das bombas de festejo das vésperas santificadas de São Sebastião; a surpresa com que os revoltados se desiludiram ao ver que as coisas se dispunham em tremenda agressiva contra eles, e a pronta rendição depois dessa surpresa no quartel-general da insurreição, antes mesmo que chegassem batidos a ferro e a fogo os pobres defensores da passagem do Pico só outras tantas demonstrações de que a revolta de Santa Cruz era alguma coisa mais de que uma revolta. De resto, a voz pública mil vezes o afirmou.

Aquilo era, pois, a subversão social que se intentava; pior ainda: foi a subversão falhando; isto é, foi a tentativa inepta.

E como tentativa e como inépcia, imagine-se até onde podia ir tudo, sem chegar a ser coisa alguma mais do que desastre, como foi; desmoronando sobre os infelizes, excessivamente, audaciosos e crédulos da guarnição de Santa Cruz, como podia desmoronar em incalculáveis escombros sobre o país inteiro. Imagine-se revelação de que imenso crime foi a revolta de Santa Cruz, precocemente traído pela inépcia, como por uma casualidade e sempre inepto podia ter ido longe.

Era o que sem muito clara consciência imaginavam vencedores e vencidos em Santa Cruz, esmagados sob o peso da culpa de quem os reduzira aquela desgraça de vencer assim ou ser vencido; e foi por isso, tão pouco entusiástica aquela vitória.

******

Explodiu a tentativa de subversão do mundo. Desceu a concretizar-se em forma de combate franco a política infernal de *pereat mundus,* que é o apanágio de tantos ambiciosos na atualidade da vida republicana.

Mas até quando viveremos à mercê desses novos terroristas?

Minora-lhes a culpa a convicção em que estamos de que se não arrojam as trevosas intrigas donde se originaram os últimos fatos extraordinários, senão na esperança de conseguir artificialmente as revoluções assombrosas de solidariedade, que por efeito natural das circunstâncias o Brasil tem visto.

Os sucessos memoráveis desta romaria produziram-se como uma terrível lição. Dar-se-á caso que ainda suponham os teoristas da intriga subversiva, que são ainda possíveis as mutações teatrais e mágicas da ordem do universo?

Pode ser que ainda o creiam, por obcecação; pode ser que o não creiam mais, mas perversamente insistam nos expedientes da intriga tenebrosa.

Em qualquer dos casos é tempo de se unirem as classes armadas, tendo em mente o nobre e altivo programa do militarismo de Benjamin Constant, pensando nos irmãos que morreram nos desgraçados recontros da recente sublevação, aconselhando-se com a rude experiência de quantos no campo da luta deixaram vestígios do seu sangue heroicamente derramado, é tempo de se unirem num protesto solidário que desengane de uma vez os intrigantes. É preciso que saibam: O exército e a armada existem para a pátria e não para os partidos. Para trás a cabala mesquinha das fações! Nossa missão é diversa. Não queiram confundir a espada de que nos armamos em nome da honra nacional, com a navalha reles da antiga capangagem de eleições.

Jornal do Comércio, 25 de janeiro de 1892.

COM ALTERAÇÃO

Com alteração que sofreu o preço consagrado dos jornais, o povo concordou; porque, enfim, ele deseja sustentar a todo transe esses centros de defesa de outros seus gravíssimos interesses. Mas não havia de admitir, como não toleraria (mesmo independente dos contratos), alteração nos preços do bonde – sem franca revolta – que se alterassem as *condições naturais,* quer dizer, consagradas, da sua xícara habitual do agradável tônico brasileiro.

Os negociantes queixam-se que com tal teoria são prejudicados, porque tudo está caro. Pois é justo que sofram um pouco com o povo, que os locupleta quando tudo não está caro.

Declaram também que por menos de cem réis não poderão fornecer aos fregueses café tão forte como até agora. Pois forneçam-no aguado.

A questão é não interromper a tradição do preço. Demais, a admitir-se a alta introduzida e que anunciava todos os dias que ainda maior se havia de fazer, quem nos garante que não nos hão de afinal, sempre ela justa razão da carestia, fazer ingerir aguadilhas de café, cor de chá pelo preço de duzentos réis?

Como se ia estabelecendo ao menos ter-se-ia a consolação do preço fixo.

– Café aguado para um, portanto, mas a sessenta réis!

Jornal do Comércio, 15 de março de 1892.

TODOS TÊM IDEIA

*T*odos têm ideia do que são os azares da vida boêmia. O burguês os encara com horror, como a negação da regra pacata de bem viver que é o seu ideal.

E tem razão nesta crítica instintiva, apesar do esplendor seducente com que a literatura tentou iluminar esse sistema de existência ao acaso, de vida avulsa, por dias destroncados, por horas a esmo, dispersas no tempo como um punhado de cisco sobre o mar, e que a facilidade humana da ilusão tem suposto ser mesmo existência.

Isso não é a existência. É antes a negação da existência, é o descalabro da existência, é o desdém de existir, é o suicídio pela inconsequência e pelo descuido, é a morte pela desordem.

O boêmio não considera a vida em conjunto, nem para a atividade nem para o caráter. Mal encara o momento presente; e safa-se dele de qualquer maneira sem cogitar de estabelecer a mínima unidade entre a vida que viveu na véspera e a que vai viver no dia seguinte, sem urdir nenhum programa de luta pelo êxito.

Tem de acabar miseravelmente, já se sabe, como uma criatura indefesa contra as condições do seu meio, que o envolveram e que ele não tomou jamais em consideração.

O Brasil administrativamente vive vida boêmia.

Nenhum plano de desenvolvimento social nos preocupa seriamente, nenhuma intenção patriótica que alcance mais longe, nenhum esboço de ideia que sirva de rumo as agitações irregulares da atividade política.

É seguir ao acaso e para frente. Vamos a ver em que dá toda a futrica!

Nas questões mais suscetíveis de ser encaminhadas, a rédea solta, ante a ausência completa de freio, o sistema único de direção que se adota.

Veja-se o problema da imigração. Imigração para o Sul, para São Paulo, só para São Paulo. Chama-se a isso a colonização do Brasil.

Não se repara que semelhante sistema é a desnaturação da questão; que o que se pretende com a imigração é acumular os elementos orgânicos de uma futura nacionalidade mesclada, quer dizer, melhorada de um cruzamento de raças, nacionalidades que tem de ser o povo brasileiro grande e forte; e que entretanto esse sistema de colonizar São Paulo fazendo de conta que é ao Brasil que se coloniza só pode ter como consequência, em detrimento do próprio interesse do povo paulista, que irá desaparecendo, o enxerto do um estado italiano no mapa do Brasil com muitos políticos que cada vez mais se hão de divorciar dos interesses nacionais da União brasileira; e para chegar a esse resultado condena-se à perpetuidade do ermo a quase totalidade do nosso território e deixa-se que campeie a calúnia de que excetuando as regiões do Sul o clima no Brasil é incompatível com a colonização europeia.

Como a norma é viver *au jour le jour*, festejam-se com palmas os imigrantes que vêm (em regra italianos para São Paulo, e quando não mendigos árabes para esta capital). Viva a imigração! Festejam-se, não porque vêm servir às conveniências do país, para o que aliás se lhes paga a vinda, mas simplesmente porque – vêm.

Jornal do Comércio, 4 de abril de 1892.

ESTAMOS ATRAVESSANDO

*E*stamos atravessando realmente uma época de crise moral, mais do que de crise política.

A fundação da República escancarou a porta das aspirações.

Como por essa porta querem entrar de uma vez todos os interesses, todas as cobiças, e a porta naturalmente não dá para esse ingresso simultâneo, a consequência é que se vai assistindo a uma série de lutas como jamais conheceu a nossa sociedade.

A coisa já passou de conflito político. Chegamos a um verdadeiro período de esmagamento mútuo no encontro dos interesses e das conveniências de cada um. As questões de princípios são meros pontos de partida para as pelejas da opinião: não se trata de fazer vencer ideias, o que principalmente se almeja é o aniquilamento da personalidade adversa.

De tal sorte que, ao observar as proporções de ódio introduzidas ultimamente nos debates *soit disant* políticos, força seria reconhecer que nos achamos em véspera de um desses momentos supremos da existência dos povos, em que as espantosas sangrias são um reclamo da totalidade iniludível para o desafogo do corpo social.

Felizmente as coisas modificaram-se um pouco noutro rumo; e, senão para a sua realidade íntima, ao menos para superfície do ruído, que são as polêmicas, pode-se dizer que o momento político vai mais sereno.

Para as simples aparências.

Na realidade, parece que as coisas se vão de dia em dia agravando mais. A superioridade com que os vencedores da atualidade dominam sobre os vencidos vai levando a oposição às raias do desespero; e, se dessa situação dos oposicionistas não há razoavelmente muito que temer, sabido como é que a exasperação é um mau começo de estratégia em qualquer colisão, nem por isso é o futuro da República um horizonte muito claro de limpidez.

O Estado de S. Paulo, 6 de abril de 1892.

A FEIÇÃO

A feição mais curiosa de quantas afeta a atualidade política é certo pitoresco amuo medroso, que aqui existe muito generalizado contra o Marechal Floriano.

Com a grande, a imensa força do governo do disciplinador da República é a absoluta honestidade administrativa, a massa dos inimigos da nova ordem e do Brasil independente, que constituem quase todo o oposicionismo de hoje, e que fingem ser o partido de alguns políticos ilustres, ora afastados do poder – estafam-se a repisar o tema invariável da legalidade mais ou menos perfeita de certos atos governamentais. Aliás, não dizer muito claramente como se deveriam realizar esses atos, conquanto se julguem péssimos.

Ora, não tendo a mínima graça a oposição que versa perpetuamente sobre um mesmo assunto, e, a respeito de eficácia, acabando por provar a favor do governo guerreado, pois significa que apenas um número reduzido de culpas se lhe pode levar em conta, o oposicionismo morre de despeito e desaponta seriamente.

Se o Marechal Floriano tivesse caído na tolice de não mostrar que podia sempre alguma coisa, exatamente na hora em que mais tumultuariamente se clamava que nenhum prestígio ou segurança lhe assistia – esse desapontamento traduzir-se-ia atualmente numa incalculável multiplicação do sistema político de guerrilhas ásperas de opinião e de desordeiras intrigas posto em prática contra o governo até as proximidades do dia 10 do passado. Em tais circunstâncias, o governo não poderia, sem dúvida, resistir:

naufragaria por fim na grande bernarda; seria linchado pela algazarra (para aproveitarmos uma expressão característica ultimamente usada no Senado da República). Havendo o Chefe do Estado feito sentir um pouco de mão dura, para salvar o brio da autoridade solenemente desfeiteada, o furor da demolição pela gritaria e pelo boato subversivo não foi adiante, mas a trégua forçada dos ódios fez nascer contra o detestável vencedor, uma surda má vontade, uma verdadeira situação de amuo, cuja análise dera para o mais vasto e profícuo estado de moral social.

Esta psicologia de caras trombudas não é de natureza a manifestar-se por atos de hostilidade direta. Não perde ensejo por isso de se fazer sentir, por demonstrações negativas.

A comemoração do aniversário do Presidente da República, no dia 30 passado, acaba de dar lugar a uma dessas demonstrações.

Com todos os seus erros políticos, mais rigorosamente falando, com todos os seus desrespeitos às aparências, a essa hipocrisia administrativa de legalidade extremada que é frequentemente a capa dos mais cruéis e violentos arbítrios, é incontestável que o governo do Marechal Floriano tem sido o da verdadeira fundação da República.

O governo de Deodoro foi o da criação republicana, a que se seguiram as desordens de toda a espécie de gêneses; desordens que se não caracterizaram por derramamento de sangue porque o espírito de reação foi (talvez sabiamente) subornado por imensos desperdícios de ouro. Mas Floriano Peixoto vai realizando evidentemente a consolidação da forma republicana federal (se a constituição não mente). Seu programa, que, por falta de boa fé, se diz ser uma esfinge, é o mais claro possível. Reabilitou ou desagravou o Congresso dos legisladores federais, ultrajado pelo ato do 4 do novembro e pelos aplausos e protestos de adesão que se seguiram pelos Estados. Fez energicamente sentir a ação central em nome da verdade do federalismo, contra as organizações começadas pelos Estados, e que era impossível absolutamente tomar *a priori* por coisa séria, desde que as havia presidido e dirigido um governo como o do organizador Lucena (Barão de) cuja consciência de moralidade política, enquanto essas organizações se iam fazendo – era a premeditação do insulto ao poder legislativo nacional.

E a falta de sinceridade das tais organizações lucenistas ficou bem provada quando governadores e congressistas de quase todos os Estados se congratularam com a última ditadura de Deodoro, pela dispersão à mão armada dos altos representantes da nação.

Resolvidas as situações falsas do lucenismo, que aí ficavam como uma herança de perturbações inevitáveis, e resolvidas do melhor modo, quer dizer, pela ação apenas indiretamente sentida da vontade do centro, que dava força moral e audácia à reação nas localidades – o Marechal Floriano atualmente, através dos meandros impossíveis de dificuldades com que têm sempre de lutar em política os nobres desejos, se esforça por estabelecer nos Estados da federação brasileira, como a única força real de estabilidade para a República – a supremacia das legítimas influências estaduais.

É puro federalismo, como se está vendo. Pode um tal empenho não agradar aos pequenos grupos locais, que só dominam pelo prestígio emprestado do poder central e que, abandonados aos próprios recursos, estão condenados a desmanchar-se como torrões de cinza. Pode mesmo ser, e é geralmente o restabelecimento do feudalismo agrícola, que é quase toda a disciplina do interior político do Brasil, e daí o risco de se autorizarem até mesmo violentas satrapias de independência local. Mas incontestavelmente isso é que será a independência, a séria organização dos Estados, o seu preparo, segundo a regra federalista, para evoluir à parte, para todas as conquistas sociais, como membros da união brasileira.

Conceber um tal programa, realizá-lo sobretudo bravamente, heroicamente, firmemente, como, apesar de mil contratempos, vai conseguindo fazer o Marechal Floriano, se não é missão que se preste à pujança encomiástica das tropas, como a ação fulminante dos heróis da revolução – é preciso reconhecer que significa, no momento atual da vida brasileira a mais admirável, a mais gloriosa missão.

E à vista disso era natural que fosse para o nosso povo, para a capital da República, um dia de gala pública, um dia de aclamações unânimes o aniversário do Marechal Floriano. E o teria sido, se fôssemos aqui um povo, um povo como os outros, de uma capital como as outras, se não fôssemos como somos fadados às mais tristes originalidades.

Mas, ai de nós! Chegou-se a falar na coisa, houve como que um murmúrio de consciência no povo; planejou-se uma demonstração solene, vastamente popular, do seu conhecimento da nação para como herói já quase triunfante da consolidação da República... Mas à hora de realizar-se o plano, intervém a tromba poderosa do amuo, do estúpido, amuo, ingrato, absurdo e perturbador, que enche o Rio de Janeiro e deram em nada as ideias da homenagem cívica.

Houve, é certo, em um dos nossos grandes teatros um soberbo festival em honra de Floriano.

À São Paulo chegou já ruidosamente a notícia de que foi essa solenidade artística organizada pelos nossos primeiros músicos e cuja recordação há de ficar como uma altíssima vitória nos fastos da arte nacional. Além do festival, houve cumprimentos no Palácio do Itamarati. Estas demonstrações, de caráter quase particular, ou pelo menos sem a feição ampla das verdadeiras manifestações do povo, não diminuíram o efeito da frieza hostil com que – para lição de estoicismo a quem quer que um dia pretenda prestar eminentes serviços ao Brasil – foi aqui geralmente acolhida a data de 30 do último mês.

O Estado de S. Paulo, 15 de maio de 1892.

O CASO DA RUA DO CARMO

O caso da Rua do Carmo é um fato simplicíssimo, consequência natural de uma circunstância que nestas crônicas acentuamos algumas vezes: o Rio de Janeiro não tem tido municipalidade.

Não tem tido municipalidade nem munícipes. O que aí se tem visto com aparências de municipalidade não é geralmente mais do que uma comissão suposta eletiva de arranjos mais ou menos corretos.

O munícipe por seu turno anula-se em criminoso abandono a respeito de tudo que possa ser conveniência municipal, desde que lhe dependa o mínimo incômodo. Só não quer que o importunem com posturas irritantes. Vem aqui ganhar o seu dinheiro honradamente: que lhe importa que a cidade seja assim ou assado? Que se salve esta ou aquela conveniência de higiene geral, aformoseamento de prédios e logradouros, solidez das construções?

De modo que, não havendo polícia de segurança para o estado de cada casa, para o sistema de construção e reconstrução das mesmas, como não há para mais nada, nem para fiscalização da salubridade pública, vêm para a sujeição as conveniências gerais de graça e cuidado arquitetônico; e por outro lado, não havendo da banda dos particulares o estímulo para a providência espontânea no sentido das necessidades que isso tudo representa, o que se vê é num belo dia, ou por outra, numa tempestuosa madrugada de cargas-d'água, desmanchar-se uma gaiola de três andares na cabeça dos moradores. Os moradores dão o cavaco com a história e morrem de raiva em consequência.

O público, porque eles morrem, põe-se a chorar por alguns dias, abre subscrições para órfãos e viúvas.

Mas, a causa não leva muito a esquecer-se, e, daí a uma quinzena, está todo o mundo como de antes, prontinho para ver cair outra casa, ou mesmo a aguentá-la pela cabeça como uma encartolação.

O Estado de S. Paulo, 3 de junho de 1892.

FICA-SE INTRIGADO

*F*ica-se intrigado a parafusar onde o diacho a gatunagem da carestia desavergonhada que nos explora neste Rio de Janeiro tem metido todo o dinheiro que há mais de um ano nos arranca às mãos.

Ainda há alguns dias, dizia-nos um conhecedor: "O feijão que à lavoura do Sul do Brasil se compra por nove mil-réis é vendido ao consumidor desta capital no mesmo peso por vinte e quatro mil-réis e mais. Alguém tentou adquirir uma partida desse gênero, para aqui vendê-la muito mais barato, mais barato e ainda assim ganhando de sobra, não pôde: porque a *grève* permanente dos *atravessadores* achou meios e modos de escravizar o produtor, de maneira que este só se há de vender, sob pena de inteira ruína, aos ditos *atravessadores.*

Há pouco, também, o deputado Stockler, alma simpática de sinceridade, que ainda tem a fraqueza de se indignar em meio deste dilúvio de pouca-vergonha que nos assoberba, sob a denominação de interesses comerciais, levava ao Congresso uma representação dolorosa de criadores mineiros, que vêm pedir socorro à sociedade, à moralidade pública, contra os atravessadores (a eterna corja de atravessadores) que têm a habilidade de se interpor entre o fazendeiro, que cria o gado, e o consumidor fluminense, que o compra a retalho, para, nessa vantajosíssima posição de intermédio, fazer a ditadura do preço iníquo, em rigorosa proporção inversa, tanto mais baixo para o gado que compra, quanto mais alto para a carne de açougue que vende.

Por esta honesta norma mercantil de grilhetas, há uma infinidade de tempo que se anda a fazer por aqui a melhor parte dos negócios.

O povo sente-se exausto, e já nem forças tem para protesto. A Intendência moveu-se um pouco de piedade e tentou fazer alguma coisa, ao menos quanto ao consumo de primeira necessidade: não faltou logo a obstrução de certos generosos advogados dos interesses da população, e tudo redundou na miserável compra inútil e fora de tempo de alguns contos de réis de gêneros deteriorados.

Agora, estão mudos os protestos: nem mesmo por motivos da carestia dos gêneros de primeira necessidade, se levanta uma só queixa. O sangue corre-nos às veias abertas, sem que nem ao menos estremeçamos dos arrancos finais da morte pela sangria.

Ora, os exploradores da necessidade pública alguma coisa hão de ter lucrado com semelhante investida da extorsão: não se pode admitir, o saque aos recursos alheios, por simples ardores místicos, franciscanos de pobreza voluntária...

Pois muito bem.

Ficamos sem o Carnaval de junho – por falta de dinheiro!

Ora, pelo amor de Momo!

Que nós, os esbodegados, os espoliados, os sangrados da carestia, nós, classes nacionais que não temos meio de multiplicar à vontade a importância de lucro do nosso trabalho, tivéssemos necessidade de atravessar em magra penitência os três dias da folgança carnavalesca: que nos poupássemos o luxo de uma opulenta fantasia de veludo e ouro e o rega-bofe em júbilo por essas ruas, entre beijos de bacantes e ovações da plebe deslumbrada; que nos privássemos de encantos de lascívia cara de uma noite de orgia entre taças de *champagne* e mirabolantes esplendores de cristal e gás e fogos mágicos cambiantes, nos salões de *soirée* de Carnaval... muito bem se compreende.

Mas eles, os que nos apertam no círculo cabalístico da carestia, os que nos fazem sangrar a última veia, que nos esfolam, eles também privarem-se da pândega por falta de cobres?!

Então onde metem as belezas?! O fluxo de hemorragia provocada com que nos vão depauperando esses vampiros, para onde é que o derivam?

Será que realmente e exclusivamente se azafamam a armazenar aos caixões a papelada *depreciada,* para a fortuna súbita, gerada de raio na hora oportuna e que há de vir sem dúvida – do câmbio próspero?

Por que, ao menos, não vieram à rua divertir-nos, na melancolia da penúria a que nos condenam, pobre povo lorpa e submisso, enganar-nos com meia dúzia de fogos de bengala? Por que se enclausuram nessa gravidade avara de morigerados e econômicos com que nos embaçam? Ao menos aproveitassem, de muito que nos têm esfolado, a pele rija de carneiros, para fazer zabumbas e rufassem-lhe em cima um zé-pereira que nos aturdisse...

Infelizmente, é a sina, é a sina...

E fomos mais uma vez roubados!

O Estado de S. Paulo, 1º de julho de 1892.

BIOGRAFIA DE RAUL POMPEIA

Raul d'Ávila **Pompeia** nasceu em Angra dos Reis em 12 de abril de 1863.

Sua infância foi fortemente marcada pelo fato de ter entrado como aluno interno, aos dez anos de idade, para o famoso Colégio Abílio, dirigido pelo dr. Abílio César Borges, barão de Macaúbas. Ainda estudante, redigiu e ilustrou o jornal manuscrito *O Archote*, revelando, desde então, a sua precoce vocação para as letras. Aos 25 anos de idade, fruto de sua experiência no internato, começa a publicar, na *Gazeta de Notícias*, o seu romance *O Ateneu*, de nítido acento autobiográfico, considerado pela crítica uma das obras-primas da literatura brasileira. Mas, anteriormente, em 1880, com apenas dezessete anos, já publicara seu primeiro romance, *Uma tragédia no Amazonas*. Em 1881, transferiu-se do Rio de Janeiro para São Paulo, matriculando-se na Faculdade de Direito, quando intensifica sua atividade jornalística, primeiro no jornal *O Boêmio*, atuando também como caricaturista e, mais tarde, publicando em forma de folhetim, na *Gazeta de Notícias*, o romance *As joias da Coroa*. Em 1885, os jornais acadêmicos da faculdade paulista atacavam impiedosamente certos professores escravocratas e retrógrados. Como reação, os professores reprovaram um grande número de alunos do quarto ano. A única saída foi a transferência de Pompeia, com mais noventa colegas, para a Faculdade de Direito de Recife, onde terminaram o curso.

De volta ao Rio, colaborou assiduamente nos jornais: *Diário de Minas, Gazeta de Notícias, Jornal do Commercio, O Farol, O Estado de S. Paulo* e *A Rua*, de Pardal Mallet, entre outros. Inaugurando um gênero lírico entre o poema em prosa e a crônica, as *Canções sem metro* vão sendo publicadas no *Jornal do Comércio*, de São Paulo, a partir de 1883. Em um caderno redigido por Pompeia e consultado por Eloy Pontes, lê-se: "*Canções sem metro* – esboçadas em 1883, publicadas em diversos jornais. Forma definitiva.". Em 1900, elas foram editadas pela primeira vez pela Tipografia Aldina, do Rio de Janeiro. Lêdo Ivo reorganizou-as e escreveu um erudito estudo introdutório no livro intitulado *O universo poético de Raul Pompeia*, publicado pela Livraria São José, em 1963.

Raul Pompeia foi nomeado, em 1891, professor de Mitologia da Escola Nacional de Belas Artes e, em 1894, diretor da Biblioteca Nacional.

Em 1892, uma infeliz ocorrência contribuiu para agravar a já reconhecida instabilidade emocional de Pompeia. Foi a não consumação de um duelo à espada com Olavo Bilac. Pardal Mallet, em artigo de jornal, acusou Pompeia de covardia. Deprimido, vítima de uma doentia sensibilidade que o acompanhou ao longo de toda a sua vida, suicidou-se com um tiro no coração este extraordinário romancista e jornalista, em 25 de dezembro de 1895.

BIBLIOGRAFIA

Bibliografia do autor

Novelas: Uma tragédia no Amazonas. As joias da coroa. Rio de Janeiro: Civilização Brasileira; MEC; Oficina Literária Afrânio Coutinho, 1981. (Obras Completas, v. I)

Romance: O Ateneu. Rio de Janeiro: Civilização Brasileira; MEC; OLAC, 1981. (Obras Completas, v. II)

Contos. Rio de Janeiro: Civilização Brasileira; MEC; OLAC, 1981. (Obras Completas, v. III)

Canções sem metro e outros poemas. Rio de Janeiro: Civilização Brasileira; MEC; OLAC, 1982. (Obras Completas, v. IV)

Escritos políticos. Rio de Janeiro: Civilização Brasileira; MEC; OLAC, 1982. (Obras Completas, v. V)

Crônicas. Rio de Janeiro: Civilização Brasileira; MEC; OLAC, 1982. (Obras Completas, v. VI)

Crônicas. Rio de Janeiro: Civilização Brasileira; MEC; OLAC, 1983. (Obras Completas, v. VII)

Crônicas. Rio de Janeiro: Civilização Brasileira; MEC; OLAC, 1983. (Obras Completas, v. VIII)

Miscelânia. Fotobiografia. Angra dos Reis: Prefeitura Municipal, [s.d.]. (Obras Completas, v. X)

Referências sobre o autor

ABREU, Capistrano. Raul Pompeia. In: _____. *Ensaios e estudos* – 1. série. 2. ed. Rio de Janeiro: MEC/Civilização Brasileira, 1975.

ANDRADE, Mário de. "O Ateneu". In: _____. *Aspectos da literatura brasileira*, São Paulo: Martins Editora, [19--].

BESOUCHET, Lídia. *Exílio e morte do Imperador.* Rio de Janeiro: Nova Fronteira, 1975.

BROCA, Brito. Raul Pompeia. In: _____. *Ensaios da mão canhestra.* São Paulo: INL/Polis, 1981.

CAPAZ, Camil. *Raul Pompeia*: biografia. Rio de Janeiro: Gryphus, 2001.

CARVALHO, José Murilo de. *Os bestializados.* São Paulo: Companhia das Letras, 1991.

CHAVES, Flávio Loureiro. O "traidor" Raul Pompeia. In: _____. *O brinquedo absurdo.* São Paulo: Polis, 1978.

GOMES, Eugênio. *Visões e revisões.* Rio de Janeiro: Instituto Nacional do Livro, 1958.

IVO, Lêdo. *O universo poético de Raul Pompeia*. Rio de Janeiro: Livraria São José, 1963.

JÚNIOR, Araripe. Raul Pompeia. In: _____. *Obra crítica de Araripe Júnior*. Rio de Janeiro: MEC/Casa de Rui Barbosa, 1960. v. II

_____. Raul Pompeia. In: _____. *Obra crítica de Araripe Júnior*. Rio de Janeiro: MEC/Casa de Rui Barbosa, 1963. v. III.

POMPEIA, Raul. *Obras*. Organização: Afrânio Coutinho. Rio de Janeiro: Civilização Brasileira/OLAC, 1982-1991. 10 v.

_____. *Crônicas do Rio*. Organização: Virgílio Moretzsohn Moreira. Rio de Janeiro: Prefeitura do Rio de Janeiro, 1996.

PONTES, Eloy. *A vida inquieta de Raul Pompeia*. Rio de Janeiro: José Olympio, 1935.

SANDRONI, Cícero. *180 anos do Jornal do Commercio – 1827-2007*. Rio de Janeiro: Quorum Editora, 2007.

TORRES, Artur de Almeida. *Raul Pompeia*: estudo psicoestilístico. Rio de Janeiro: Livraria São José, 1972.

VICTOR, Nestor. Raul Pompeia. In: _____. *A crítica de ontem*. Rio de Janeiro: Leite Ribeiro e Maurillo, 1919.

Cláudio Murilo Leal, poeta e professor, formou-se em Letras Neolatinas, tendo defendido sua tese de doutorado sobre *A poesia de Machado de Assis* na Academia Brasileira de Letras, em 2000.

Lecionou Literatura Brasileira e Hispano-Americana na Faculdade de Letras da UFRJ. Lecionou, também, Literatura e Cultura Brasileira nas universidades de Brasília; de Essex, Inglaterra; de Toulouse-Le-Mirail, França; e na Complutense, de Madri.

Publicou cerca de vinte livros de poesia, entre os quais o *Cadernos de Proust* (Prêmio Nacional de Poesia do Instituto Nacional do Livro). Seus dois últimos livros foram *Módulos* e *Cinelândia*. Traduziu uma antologia poética de Carlos Drummond de Andrade para o espanhol, em edição do Instituto de Cooperación Hispano-Americano, de Madri.

Foi presidente da Associação Internacional de Escritores PEN Clube do Brasil.

Cláudio Murilo Leal organizou e prefaciou o livro *Toda a poesia de Machado de Assis*, lançado pela Record, em 2008, quando também publicou o livro de ensaios *A poesia de Machado de Assis*, pela Editora Ludens.

ÍNDICE

Raul Pompeia, cronista.................................. 7
O governo... 19
Imprensa e suicídios....................................... 20
Céu e inferno.. 25
O Carnaval no Recife 28
Vem de cima 31
Está formado.. 33
As campanhas... 36
Deu-se, há dias... 38
Carris urbanos.. 39
Culto... 40
Um povo extinto 42
Tivemos no dia 14.. 44
Aperta-se a curiosidade.................................. 46
O ativo propagandista.................................... 50
Para conservar 52
Estava concluída a última crônica 54
Na segunda-feira.. 56
Em um terreno.. 58
Um destes dias.. 59
Anda a febre amarela 64
Por motivo 66
Juiz de Fora.. 68
O Ministério João Alfredo 73
No domingo.. 76

No teatro nacional 77

Tenham a bondade 81

Festejou-se o 7 de Setembro... 84

As novidades.. 87

Avalie-se o efeito 89

A sacra fome 92

Quando forem lidas 95

Tenho apenas tempo.. 98

Para os amigos..101

Como é antiga 104

A República está decididamente firmada..................107

Uma das causas...111

Uma noite histórica 116

Até que um dia..122

A morte 125

Outro assunto 127

As Ex.^{mas} noivas...129

A perseguição 133

A propósito..136

Enquanto se debatem estas atribuições 139

O ano para o Rio de Janeiro..141

Ande-se, porém, a pregar sermões 145

O mundo das letras...148

O dia 13 de Maio..150

É o resultado...151

Chegou também, mas ao seu auge 153

Passamos sob cargas-d'água 155

O telégrafo..157

Esta senhora República 158

Sim, tudo que for deprimir-nos 160

A República tem tido esta característica.....................164

Houve notícias de grave revolta.................................167

Uma das mil insídias 169

A questão social..171

Em tão grande porcentagem.......................................173

O Brasil está de luto.................................176
Mas falemos das homenagens fúnebres.................177
A vida literária 179
E está acabado o ano de 91..........................182
A civilização.......................................183
Na bela manhã.......................................186
Com alteração.......................................194
Todos têm ideia.....................................195
Estamos atravessando................................197
A feição..199
O caso da Rua do Carmo..............................203
Fica-se intrigado 205

Biografia de Raul Pompeia 208

Bibliografia..210

Biografia do selecionador 213

COLEÇÃO MELHORES CONTOS

ANÍBAL MACHADO
Seleção e prefácio de Antonio Dimas

LYGIA FAGUNDES TELLES
Seleção e prefácio de Eduardo Portella

BRENO ACCIOLY
Seleção e prefácio de Ricardo Ramos

MARQUES REBELO
Seleção e prefácio de Ary Quintella

MOACYR SCLIAR
Seleção e prefácio de Regina Zilbermann

MACHADO DE ASSIS
Seleção e prefácio de Domício Proença Filho

HERBERTO SALES
Seleção e prefácio de Judith Grossmann

RUBEM BRAGA
Seleção e prefácio de Davi Arrigucci Jr.

LIMA BARRETO
Seleção e prefácio de Francisco de Assis Barbosa

JOÃO ANTÔNIO
Seleção e prefácio de Antônio Hohlfeldt

EÇA DE QUEIRÓS
Seleção e prefácio de Herberto Sales

MÁRIO DE ANDRADE
Seleção e prefácio de Telê Ancona Lopez

LUIZ VILELA
Seleção e prefácio de Wilson Martins

J. J. VEIGA
Seleção e prefácio de J. Aderaldo Castello

JOÃO DO RIO
Seleção e prefácio de Helena Parente Cunha

IGNÁCIO DE LOYOLA BRANDÃO
Seleção e prefácio de Deonísio da Silva

LÊDO IVO
Seleção e prefácio de Afrânio Coutinho

RICARDO RAMOS
Seleção e prefácio de Bella Jozef

MARCOS REY
Seleção e prefácio de Fábio Lucas

SIMÕES LOPES NETO
Seleção e prefácio de Dionísio Toledo

HERMILO BORBA FILHO
Seleção e prefácio de Silvio Roberto de Oliveira

BERNARDO ÉLIS
Seleção e prefácio de Gilberto Mendonça Teles

AUTRAN DOURADO
Seleção e prefácio de João Luiz Lafetá

JOEL SILVEIRA
Seleção e prefácio de Lêdo Ivo

JOÃO ALPHONSUS
Seleção e prefácio de Afonso Henriques Neto

ARTUR AZEVEDO
Seleção e prefácio de Antonio Martins de Araujo

RIBEIRO COUTO
Seleção e prefácio de Alberto Venancio Filho

OSMAN LINS
Seleção e prefácio de Sandra Nitrini

ORÍGENES LESSA
Seleção e prefácio de Glória Pondé

DOMINGOS PELLEGRINI
Seleção e prefácio de Miguel Sanches Neto

CAIO FERNANDO ABREU
Seleção e prefácio de Marcelo Secron Bessa

EDLA VAN STEEN
Seleção e prefácio de Antonio Carlos Secchin

FAUSTO WOLFF
Seleção e prefácio de André Seffrin

AURÉLIO BUARQUE DE HOLANDA
Seleção e prefácio de Luciano Rosa

ALUÍSIO AZEVEDO
Seleção e prefácio de Ubiratan Machado

SALIM MIGUEL
Seleção e prefácio de Regina Dalcastagnè

ARY QUINTELLA
Seleção e prefácio de Monica Rector

*HÉLIO PÓLVORA**
Seleção e prefácio de André Seffrin

*WALMIR AYALA**
Seleção e prefácio de Maria da Glória Bordini

*HUMBERTO DE CAMPOS**
Seleção e prefácio de Evanildo Bechara

*PRELO

COLEÇÃO MELHORES CRÔNICAS

MACHADO DE ASSIS
Seleção e prefácio de Salete de Almeida Cara

JOSÉ DE ALENCAR
Seleção e prefácio de João Roberto Faria

MANUEL BANDEIRA
Seleção e prefácio de Eduardo Coelho

AFFONSO ROMANO DE SANT'ANNA
Seleção e prefácio de Letícia Malard

JOSÉ CASTELLO
Seleção e prefácio de Leyla Perrone-Moisés

MARQUES REBELO
Seleção e prefácio de Renato Cordeiro Gomes

CECÍLIA MEIRELES
Seleção e prefácio de Leodegário A. de Azevedo Filho

LÊDO IVO
Seleção e prefácio de Gilberto Mendonça Teles

IGNÁCIO DE LOYOLA BRANDÃO
Seleção e prefácio de Cecilia Almeida Salles

MOACYR SCLIAR
Seleção e prefácio de Luís Augusto Fischer

ZUENIR VENTURA
Seleção e prefácio de José Carlos de Azeredo

RACHEL DE QUEIROZ
Seleção e prefácio de Heloisa Buarque de Hollanda

FERREIRA GULLAR
Seleção e prefácio de Augusto Sérgio Bastos

LIMA BARRETO
Seleção e prefácio de Beatriz Resende

OLAVO BILAC
Seleção e prefácio de Ubiratan Machado

ROBERTO DRUMMOND
Seleção e prefácio de Carlos Herculano Lopes

SÉRGIO MILLIET
Seleção e prefácio de Regina Campos

IVAN ANGELO
Seleção e prefácio de Humberto Werneck

AUSTREGÉSILO DE ATHAYDE
Seleção e prefácio de Murilo Melo Filho

HUMBERTO DE CAMPOS
Seleção e prefácio de Gilberto Araújo

JOÃO DO RIO
Seleção e prefácio de Edmundo Bouças e Fred Góes

COELHO NETO
Seleção e prefácio de Ubiratan Machado

JOSUÉ MONTELLO
Seleção e prefácio de Flávia Vieira da Silva do Amparo

GUSTAVO CORÇÃO
Seleção e prefácio de Luiz Paulo Horta

MARCOS REY
Seleção e prefácio de Anna Maria Martins

ÁLVARO MOREYRA
Seleção e prefácio de Mario Moreyra

RAUL POMPEIA
Seleção e prefácio de Cláudio Murilo Leal

ODYLO COSTA FILHO*
Seleção e prefácio de Cecilia Costa

RODOLDO KONDER*

FRANÇA JÚNIOR*

ANTONIO TORRES*

MARINA COLASANTI*

*PRELO

Impresso por :

gráfica e editora

Tel.:11 2769-9056